U0605835

阅读是一场
与无知的终生对抗

〔法〕阿尔贝·加缪 著

王殿忠 译

万卷出版有限责任公司
VOLUMES PUBLISHING COMPANY

目录

Ⅰ 评论文集

尚福尔 | 1741—1794

为尚福尔[1]《箴言录》一书写的引言

作为一个忠于职守、坚持不懈地观察社会的人，很难想象有谁会像尚福尔那样。例如，人们一般不太认为过人的才智是有害的，也不会认为天才必须绝对孤独。对这些，一般都是拿天才开玩笑时才这样说，那是不会当真的。有过人的才智可以很好地交友，天才有时也是个好伙伴。他所遭逢的孤独的方式，也没有什么特殊之处，如果他愿意如此，也尽可以自己去享受孤独。

我们也很难同尚福尔一起去体味那种人间最为

1　尚福尔（1741—1794），法国伦理学家、格言作家。——译者注

相通的感情和人间最不可理喻的感情，这里指的是对妇女的歧视。没有一般意义上的歧视和爱。这一切就要求我们了解全面情况。我还需补充的是，我认为愤世嫉俗并不可取，也并不会被人所称颂。在尚福尔身上，我既不喜欢他压抑在心中的怒气，也不喜欢他动辄"发火"，更不喜欢他那种彻底绝望的情绪。我将谈一谈他那些有悖于常理的各种因素，而这一切却又使我觉得，在我们所有的伦理学家中，尚福尔是使我最受教益者之一。我须立即加以说明，在做出这一总体评价的同时，我还认为，他对自己艺术中最奥秘的原则是不忠实的。他在不同的场合所表现出来的态度同他特有的个性和内涵就很不一致。

我们最伟大的伦理学家们并非《箴言录》的作者，他们都是些小说家。那么，什么是伦理学家？我们只能这样说，伦理学家乃是一位怀有仁者之心的人。何谓仁者之心？这也实在很难说清，我们只需这样理解，即这是一种在世间很不普遍的人心。

因此，不管其文字如何，当你读完拉罗什富科[1]的《箴言集》时，在做人行事上都很难学到什么东西。你看那些优美平和的句子，那些精心推敲的反命题，那种为表示渊博的虚荣心，所有这些，与构成一个人生经历必不可少的内心自省和沧桑变化相去甚远。我甚至甘心用这样的一本《箴言集》同司汤达所搜集的两三个小故事进行交换，甚至用这样一本书换取克莱芙王妃的一句欢快的话。"人们往往从爱情发展到野心，却很少有从野心回到爱情者。"拉罗什富科这样说。对这两种欲望，我一无所知，因为它们可以互相转换。于连被他两个截然不同的情人断送了自己的前程，而这两位情人各自的行动却更使我受启发。我们真正的伦理学家们并没有多说什么话，他们只是用眼睛去看，或者彼此观看。他们并没有制定什么规矩，只是描绘。通过客观描绘，却更加照亮了人类的行为，比如他们是否文质彬彬，某些

1　拉罗什富科（1613—1680），法国作家、公爵，他在1665年完成了他的《箴言集》。——译者注

才华之士是否满口格言警句，是否醉心于贵族式的说教等。只有小说，才忠实于对个体的描绘。其目的并非为生活下结论，而是描绘生活的历程。一句话，它更加朴实。正因为如此，它也才是经典的。至少，也正因为如此，它才对人类的认识有好处，正如自然科学和物理学能够做到的那样，也正如数学和箴言所不能做到的那样，因为数学和箴言是在思想上与之相对立的两件东西。

那么箴言到底是什么？可以简单地说，它是一个多项方程式，其第一项符号准确地存在于第二项中，却要经过不同的运算程序。因此，理想的格言，总是可以反向思考的。它的全部真理就在它自己身上，并不比代数公式复杂，它只要同人生的经历相吻合就够了。人们可以按照自己的想象去创造箴言，直到在设定条件的已知项内把各种组合用尽为止，只不过这些已知项是爱情、仇恨、关怀或怜悯、自由或公正而已。甚至还可以始终像代数一样，从这些组合的一项中得出对生活经历的预言。却再没有比这更为实在的了，因为它说的都是普遍现象。

此外，尚福尔也并没有把兴趣放在写箴言上，只有少数情况例外。比如关于妇女问题和作家的孤独问题等，在这些问题上他易于激动，情感所至信手写来，此外他便很少写什么。如果我们等他灵感到来时贴近观察一下，就可轻易发现，他的那些灵感既不在反命题上，也不在箴言上。"哲学家，他总想熄灭自己身上所具有的那种极似化学家的感情，因为化学家极想熄灭自己的感情。"说这种话的人，和几乎就在同时说下面那些话的人，其思想渊源如出一辙："有人极力攻击情感，却不去想一想，正是情感的火焰才使得哲学点燃了自己的情感火焰。"在这里，前者和后者一样，他们表达自己思想的手段不是箴言，乃是一种对事物的看法，它同样能够很好地表述哲理。这些都是试探性武器的一击，一束突发的闪光，却不是定律。这两种说法都不是定律式的，乃是表述性的。例如，人们可以在我们的职业伦理家那里长期地寻找才能找到一篇作品，这篇作品与下面这篇对我们当今世界在其内容上几乎没有瓜葛的作品距离我们同样遥远，却有较多的可足借鉴的生活内涵："在当代，有一些错误行为，我们或者已不再犯，或者已犯得很少。即人们是太善于动心思了，以机智替代了灵魂，一个无耻之徒，只要稍一动脑，不再夸夸其谈，不再阿谀奉承，改变过去那种使他成功的手法，便可变成另一个人。我曾见过一些很不诚实的人，有时候竟趾高气扬，体面端庄地和亲王、大臣们进进出出，却无所用心。这一切都足以欺骗世人和涉世不深者。这些人不晓得，或者忘记了评价一个人应该从他的全部表现和他的本性着眼。"

　　但同时我们却也看出，这些并非属于箴言范畴。尚福尔并没有把他的人生经验写成箴言。他的艺术创作的伟大之处在于他的作品具有公正的内涵。每一篇作品都向我们提供了一种形象或几种环境，使人看过之后，在思想中便很容易建立起一个清晰的概念。正因为如此，他首先使人想到司汤达。司汤达也和他一样去寻求每一个人的定位，亦即说，那个人是处于哪一个隐而不现的社会之中还是处于哪一个隐而不现的真理之中，还是处于哪一种特殊地位上。但他们的相似之处还远远不止于此，可以毫不夸张地说，尚福尔也是一个小说家，因为他的作品有许许多多与小说共同的特点，可以说是一部尚未安排情节的小说，是一部编年史的集合体，在这里一股脑儿地倾注在他的评论之中，这便是他的《箴言集》。如果把它看作《逸闻集》，其中的人物就不会因对他们的评价而引起别人的联想了，却可以以其个人的行为特点而被搬上舞台演出，大家便可以从这部不是小说的小说中得出更为明确的印象。把这些特点同他的《箴言集》联系起来，我们便可看出，其中有丰富的材料，有诸多的人物和评论，足可构成一部伟大的"人间喜剧"，其中有故事也有人物。这已足够使这部作品同小说构成严密的一致性，尽管作者原意并非如此，我们也便可以看到一部比专事阐述思想的文集更为高级的作品，一部真正阐述世人经历的书，其哀婉动人之处及其中的残酷事实足以使抽象地对不公正的阐述黯然失色。不管怎么说，这是一件值得称道的工作。通过这些，我们可以看出尚福尔完全同拉罗什富科不同，是一位和法耶特夫人[1]同样深刻的伦理学家，尽管其情感轻率，但也正因如此，才使他进入某种艺术领域最伟大的创造者行列之中，在这一领域，生命的真理无时无刻不在为语言的技巧做出牺牲。

以上这些，发生在十八世纪末的那种软弱无力的社会中，如果我们不说它无情的话，那这些活动又使人觉得正是在火山口上跳舞。小说的背景基于被当时称为"世界"的范围内。于是我们便可立即发现，这又把尚福尔作品中所写的个别当成了一般，此乃是在大多数情况下，匆忙的读者把作者所描述的某些头脑发热的狂热状态扩展成一般人的心理状态所致。

在尚福尔的文章中，受到鞭笞的是一个阶层，这个阶层是极少数同整个民族相分离的人，他们既聋且盲，整天醉生梦死。正是这个阶层向小说提供了人物，提供了背景和讽刺的主题。因为当你匆匆地一瞥时，你首先认为它是一部讽刺小说，它像一部具体化

1　德·拉·法耶特（1643—1693），法国作家，小说《克莱芙王后》的作者。——译者注

了的《逸闻集》。有国王、朝臣、贵夫人、国王的女儿，他们感到很惊奇，何以他们的女仆竟然和自己一样每双手有五个手指。路易十五已然病得行将归天，因为他的御医用了"必须如何如何"这种字眼；公爵夫人罗昂认为生下一个小罗昂乃是自己的荣耀；大臣们宁可法兰西对外打五次败仗，也不愿意国王身体欠安。他们那种愚蠢的、令人难以置信的狂妄竟使得他们认定上帝就是"天上的贵族"。一个阶级的极端无知，使得阿朗贝尔[1]在威尼斯大使面前大为逊色；贝里埃让通知自己达米伊安有谋杀行为的人去下毒，却不重视他的意见；德·莫日隆下令把一个无辜的小厨师绞死，却放过那个犯罪的厨师，而他又非常喜欢吃厨师做的饭菜，如此等等不一而足。这便是他们的群相。这些蠢事常常是同一些人所做。在处理一个凝固的、抽象的标签式的社会时，尚福尔有所选择地站在社会之外，把他们的群相像木偶般地一个个展现出

1　阿朗贝尔（1717—1783），法国作家、哲学家及数学家。——译者注

来。对那么两三个例外的人或事，他用喜剧手法来处理，其技术手段正如同写小说，甚至运用现代小说的手段。其中的人物性格始终以自己的行动来表现。他的讽刺挖苦不足以说明什么，他描绘的是那些人的特点。

在所有这些人物中，作为小说主人公的是尚福尔本人。他的传记可以给我们提供有关情况。但这也无关紧要，因为他写的是《逸闻集》和《箴言集》，而且又始终以小说的写作手法来描写的，亦即说间接描写。如果把他所有对某某先生的描写集中起来，就可以看出这个人物的全貌，在这个人身上，尚福尔十分讲究使用"讽刺"的分寸，也十分注意在这个虚构的和疯狂的社会中让这个人的行为保持严肃、谨慎。这个人物已经到达了这个年龄段，在这个年龄段上，青春年华已然一去不复返。人们在青春时期那种无限欢快的情趣也不复存在。在这个时期，他已不再追求什么信仰，他酸甜苦辣都已尝遍，自此便看破一切，除了逃避世俗之外，已谈不上有何爱好，但有两件对他来说是不可或缺的事情，一件是对自己往昔情感的回忆，一件是对个性的崇拜。我们能够从这位某某先生的口中听到有关个性的言论。因此尚福尔把他的《箴言集》中的一部分上升到如此高度是不无深意的："此乃对隐退生活和性格尊严的一种雅兴的表现。"一个人把此事看得如此重要，也不应等闲视之。其唯一缺陷便是，他在这里恰恰把个性同孤独弄混了，这也同时是他这部深奥作品的主题，我们后面还将涉及这方面问题。但也要考虑到这正是身处一个堕落社会的人的正常反应。在这个社会中，每家每户都有自己的思想，而一些伟大的忠告又不被人们所重视，因此，我们应当对他这种个性崇拜赋予真正的意义。当提到这个问题的价值时，尚福尔对此既不专断也不盲从，他参照自己的人生经验，不温不火地说："为自己规定某些比个性更为强烈的原则，这种做法并不好。"

同时，这个十分珍视自己心灵的人物，也有自己的感情世界以及这个感情世界受到伤害的经历。就是同一个人，他曾经写下过比一个法兰西人更为豪迈的箴言："向我走来的财富，将通过我个性所加给它各种条件。"但他却在作品的每一页上都表现出一种极其敏锐的感情。这个人物在这里向我们表明了他最后的空间，他完成了意志和激情的混合，这种激情构成了个性的悲剧，同时也使得尚福尔在他那个时代大大地向前迈进了。因为他是与拜伦及尼茨什同时代的人，他能写出："我很少看到过使我振奋的壮志凌云的豪气。在这方面，为我所熟悉的佼佼者，是撒旦在《失去的天堂》里的表现。"从这里我们可以看出他那悲剧性的口吻及态度，尼茨什把这称为自由思想。我们只需想一想这种思想所依附的那个社会也就够了，在那个社会，尽管他很不情愿，但不幸的是他又无法不让自己对它加以评论。大家可以轻易地想到，自那时起他所经历的藐视和绝望，决定了像他这样的人不得不在他所藐视的这个世界上奔波的情况。我们将抓住尚福尔给我们留下的那些小说的要素。这种小说是离世小说，是对一切都予以否定的记叙，最终将导致对自己的否定，是一种向绝对化奔跑的旅程，其终点一切都是子虚乌有的泥潭。

这种冒险活动，乃是由于青年尚福尔那种感情激昂的冲动所造成的。有人说，这同爱情一样美丽。这种生活，开始时取得了成功。女士们纷纷爱上了他，也爱上他的第一批作品，尽管这些作品很平庸，并为他组织各式沙龙甚至使他在公众中备受宠爱。不错，当时的社会对他并非那么严酷，他也并非因自己是个私生子而感到难为情。如果社会上的成功还有某种意义的话，可以说尚福尔的生命在其起步阶段是一个辉煌的胜利。但可惜的是这种情形并不那么稳定。尚福尔的小说告诉我们，这只不过是一个孤独者的历史，因为社会的成功只有在人们信任这个社会时，才有意义。此外，在尚福尔的身上，首先就有悲剧色彩，这始终妨碍了他对社会的信任，而且这种心灵的敏感性，也妨碍他投身于对他的出身可能有争议的天地中去。他属于那种被伟大而鲜明的道德所推动，并被置于想征服一切的境地的人。而他的另一种品质又把他推向否定这一切的地步，甚至使他对刚刚取得的成就都予以否定。我们还要补充一点，即他所处的那个社会竟已致使那些曾经声明信任它的人都不予信任的地步。那么，面对这样一个为他所藐视的世界，一个人能做些什么？如果他的出身好，他可以把那些在这个社会上不为人所满意的一切事物都拉到自己身上，而无须做出什么榜样。如果需要玩什么手段的话，我们就会发现，这种历史的手段，存在于人们道德的趣味中。

于是，我们的这个人物便处于既取得了社会成功又对这个腐朽的社会非常蔑视的尴尬境地。唯一能激发他的，就是个人理性在内心的激荡，这时他便立即做出许多异乎寻常的事来。他享受法兰西学院给他的津贴，这时便提出要求取消申请，并对学院大加攻击，要求该学院解散。作为一个生活在旧制度之下的人，他投身于党派斗争，最终还是把自己害了。他同一切都格格不入，并且对一切都排斥，对任何人都不宽恕，甚至对自己也是如此。这是一个"荣誉的悲剧"。尽管当时他已十分孤僻，却依然强烈地排斥人类唯一的求生手段；其对一切的排斥达到使人难以置信的地步。不但思想如此，他的肉体也是如此。尚福尔原本相貌堂堂，极富魅力，后来竟变得"残酷，最后丑陋不堪"。

我们这位先生的生活轨迹却远不止这些。因为弃绝他自身的优势，尚称无关大局，而摧残自己的躯体，同摧残自己的心灵相比，也算不得什么大事。最后，正因为这样，才造就了尚福尔的伟大之处，也成就了他小说的惊人之美。因为对人的蔑视，在通常情况下乃是一种庸俗心理的表现，这时伴之而来的是强烈的自大心理。相反地，如果对自己也加以蔑视，那么蔑视别人便是可以理解的了。尚福尔说："人，其愚蠢不下于动物，这是通过对我自己的评价得出的结论。"从这一点看，我觉得他是一个叛逆的伦理学家。在这种情况下，他把自己所有的叛逆经历反过来又反抗自己，他是一个典型的"神圣的绝望者"。其极端而粗暴的态度，导致他走向否定一切的顶峰，这便是沉默。"有一次有人请某某先生谈一谈社会流弊，他很冷漠地答道：'在我记录不再谈论的事情的清单上，其项目每天都在增加。'最具哲理的哲学，它的这份清单便最长。"这甚至把他引向否定艺术作品这个纯语言力量的地步。他作品中的一个人物，被认为很注意自己的才能。他让这个人说道："我的自爱心因关心他人而消逝了。"这是合乎情理的说明。艺术同沉默是相反的，它是把我们同人类共同斗争连接起来的众多纽带中的一个。对那种已失去这种纽带并把自己完全抛进杜绝一切的境地的人，无论是语言还是艺术，便都失去了表现力。无疑，正是由于这种原因，那种否定一切的小说至今尚未出现，因为那也正是一种对小说的否定，在这种艺术之中，其原则也必然会导致对自身的否定。当然，尚福尔没有写过小说，可能他认为那不是他的所长。但我们也看得很清楚，那也是因为他既不爱人类，也不爱自己，很难想象会有那么一个小说家，他对他写的人物一个也不爱。在我们所有伟大的小说中，没有哪一部会没有人类之爱这种感情的，尚福尔的例子在我们文学领域中便是一个绝好的证明。无论如何，这种"人间喜剧"到现在也该结束了，因为它最终同人们赋予它的那个题目不相称。

我们若要寻求尚福尔这一生的终了，须到他的传记中去找。无论从整体上看还是从细节上看，对他的一生，我都没见过比这更具悲剧性和更具协调性的事。因为从协调性看，尚福尔把自己全部投入革命之中，他已不再讲话了，只有行动，并且也没有发表过对革命有诽谤性和攻击性的文章，但我们也不难看出，他只看到了革命的消极方面。他过于向往那种理想中的公正，从而不能接受革命行动中出现的必不可少的不公正。因此挫折仍然在等待着他。对像尚福尔这样的人，只想把事物推向绝对却又无法做到，于是便只有去死。实际上，他也正是这样去做了，却是在那种可怕的环境之中，而那种环境又恰恰是他这种精神悲剧的温床，这种精神悲剧也便在残杀中结束。在这里，要求纯洁的狂热，正同破坏的狂热相吻合。在那一天，当尚福尔认为，宣判他死刑的乃是革命时，他便在这决定性的失败时刻，拿起一支手枪向自己射击，这一枪击碎了他的鼻子并打烂了他的右眼。他还未死，并不就此罢休，又拿一把刮胡刀片割断了自己的喉管，并把自己的肌肤割烂。此时他已成了一个血人，他还用手枪探寻自己的胸膛，最后手脚都已支撑不住，便跌倒在血泊中，鲜血流出门外直到人们发现才报了警。这种残酷的自戕，这种对自身的摧残，实在难以想象。在他的《箴言集》中却找到了说明：

"大家畏惧可怕的偏见，但这却对强者适宜，而刚强的性格，则总是极端的。"不错，这确是对极端的一种顽固的崇拜，也是对不可能成功的事的一种偏执的狂热，这些在尚福尔的论述中都有体现，也正是这些，我们可以称之为道德的情趣。简单地说，这类高级伦理的阐述，终于在血泊中完成，终于在一个动乱的世界里结束。在这个世界里，每天都有十几个人头从筐底跳出来。这样的现实，便向尚福尔证实了他伦理道德的深刻。

因为伦理学家的职业，如果没有混乱，没有恐惧或牺牲，便无法运作——要么就是一种令人生厌的虚假说教。因此，我觉得尚福尔正是我们少见的伟大的伦理学家中的一个。因为伦理这个人类最大的酷刑，是他个人的爱好，他到死都在为它同人类协调起来而努力。我从各个角度研究了大家对他那种性格的批评文章，我却更喜欢他这种尖刻，因为这种尖刻充满了人类的一种伟大的思想，比起某些大人物们那种干瘪的哲学思想要好得多，比如有人就曾写过这种不可原谅的箴言："体力劳动同脑力劳动分离，便可使人得到幸福。"但即使尚福尔的否定态度达到顶峰时，他对弱者仍不失同情之心，他损害的只是他自己，那原因也很复杂。不错，我了解他的思想在向哪边滑坡。他认为个性是由叛逆心理所决定。但怎么能够想象，一种优势可以同"人"相分离呢？所以尚福尔以及其后对他很崇拜的尼茨什就进行了选择，但他也好、尼茨什也好，都付出了应付的代价，证明了在寻求自己理想中的公正的心灵冒险活动，同样也如同获得最伟大的战利品一样，带着强烈的血腥味。这是一个不能否认的事实，这同样也是对我们及我们这个世界很有教育意义的事实。我在此仅指出，尚福尔是一位经典作家。如果严密性、推理判断、逻辑性，以及顽固的精神作用也是一种经典的品质的话，我们可以肯定地说，尚福尔选择自己成为经典作家的方式，是他为此而死去的原因。这就使得我们这个概念具有夸张性和冲动性，但这又是我们伟大的时代所赋予他的，我们应该为他保留下去。

路易·吉尤 | 1899—1980

为路易·吉尤[1]的小说《平民之家》写的前言

今天，所有宣称自己为无产阶级讲话的法国作家，几乎都出身于小康或大户人家。这也并非他们的问题，出生在哪家，自己做不得主。我觉得这件事原也无可厚非。我只想向社会学家提供这样一种特别情况以供他们研究。我想，把这一反常现象提供给我那些社会学家友人们，以他们的智慧，不妨予以解释，使读者们能够明白其原因。这就是我把尚未为大家所知的这一情况讲出来的原因。

每个人都有自己所偏爱的事情。我偏爱的是什么

---

1 路易·吉尤（1899—1980），法国作家。——译者注

呢？我一直希望的，不妨冒昧地说一句，就是等我被杀害之后，能够有人出来做证。比如说贫困，它使那些生活在贫困中的人对贫困有一种本能的排斥性。在那些由进步的专家学者们编纂的杂志和书籍中，常常把无产者描写得似一群生活作风很特别的人，如果这些无产者有时间读读这些专家们的文章，了解一下我们这个社会进步的历程的话，他们就会发现，这些专家们谈论他们的方式非常使人反感。从使人反胃的奉承到直言不讳的蔑视，什么都有，直叫你从这些言论中摸不到哪些东西是更大的侮辱。难道贫困，命中注定必须两次被盗窃吗？我不这样想。至少，会有某些人同瓦莱斯和达比一起已经成功地找到了合适的语言。这就是我为什么欣赏和喜欢路易·吉尤作品的原因。他对他笔下的人物既不奉承也不蔑视。这就使得他在自己身上体现出唯一的崇高的亮点，任何人也无法夺走，这就是真理的闪光。

这位伟大的作家，由于他在学校时便接受了必要的训练，因此他能够毫不困难地评价一个人的本质。与此同时，他也从中养成了一种在我们所处的这个社会中似乎不甚多见的腼腆性格，这种性格始终使他不能接受那种把别人的痛苦当作自己向上爬的进身阶梯的做法；也从不干那种艺术家不应该做的、把别人的痛苦当作消遣的主题来描写的事。D. H. 劳伦斯[1]经常在他的作品中，向我们讲述他所出生的那个矿工家里自己感觉良好的那些事。但劳伦斯以及和他相似的人们都知道，如果把无聊说成高尚，那么几乎总是伴之而来的屈从就将永远无从解释。这样，他们自己无力阻挡的，便是他们的作品受到谴责。吉尤的书便也无法逃避这个伟大的责任。从他的第一本书《平民之家》到《梦想的面包》《七巧板》，都表现出一种忠实，他贫困的童年，带着他的梦想和反抗，向他提供了自第一部到他后来所有作品的写作灵感。像这样一种会被认为浅薄的现实主义或温情主义的主题，是最危险不过了。但一个艺术家的伟大之处就在于他能大胆地战胜外界诱惑。吉尤并没有把任何事物都予以理想化，他始终坚持用恰如其分的笔触描写事情，从不

1　D. H. 劳伦斯（1885—1930），英国作家。——译者注

故意制造残酷或刻意寻求苦涩，他善于赋予他的作品一种腼腆的风格。那种平淡而清纯的语调，那种低沉的声音，那种似回忆般低沉的声音，这一切都表明了叙述者那种风格的品位，这也是人的品位。

如果我们看一看吉尤怎样把一个工人之死作为他《伙伴》一书中的唯一主题，就更能衡量出其战胜诱惑的分量。贫困和死亡双双构成了那个家庭绝望的内涵，似乎除了卡兹之外，已无人能承受那种痛苦，他对那个家庭的痛苦体验之深，似乎使人感到触手可及。在这本小书中，吉尤始终对他所描写的原型掌握着恰如其分的高度，对这个人物既不降低，尤其是，是的，应该说尤其是，也不拔高，而且其基调也从未升过格。但我也并不赞成人们在读这篇小说时，不待读完便泣不成声。吉尤和我们大家一样，都晓得，在我们城市里所有的漂亮举措中，死亡也要上税的，死亡已变成一种奢侈行为，使得人们确确实实不得不极力避免。但他讲的却不是这些。在《伙伴》中，从头到尾找不出一句怨言，让·克诺维尔甚至好像死得很幸福。简言之，此人临终前表现出来的这种难以解释的欢快，作者对此仅表示了他一种很不自然的惊讶，他只是说："我有什么？我有什么？"是的，还要说什么呢？幸福须有一种安排，对这种安排，贫困就没有无声的死亡准备得那么好。

如果说，我只让大家相信吉尤只是一位写贫困的小说家，那么就是对他的背叛。一天，我们在谈论公正和惩罚问题时，他说："这个问题唯一的关键，就是痛苦，正是通过这种痛苦，最凶残的罪犯才能同人类保持着一种关系。"他并向我引用了一句列宁的话，当时正是列宁格勒[1]被围困期间，列宁想让右派的犯人参加战斗，他的一位同事反对说："不行，我们不能同他们一起战斗。"列宁回答说："不同他们一起战斗，却是为他们在战斗。"[2]还有一天，在谈到我们的一位朋友喜欢嘲笑人时，吉尤认为讽刺挖苦不一定是恶意的表示，我回答说，那也不能看作是善意的

1　今圣彼得堡。——编者注

2　原文存在史实错误（列宁 1924 年逝世，列宁格勒围困发生于 1941—1944 年），或为文学处理，以强化吉尤"痛苦联结人性"的哲学命题。——编者注

表示，吉尤回答说："不能，但从痛苦的角度看，你就不能从别人身上多想其他东西。"我记住了这些话，它们显示了这个作家的心灵。因为吉尤几乎总是想到别人的痛苦，因此，首先他是一个写痛苦的小说家，在《污血》中那些最令人蔑视的人物，在作者眼中，都因他们生活在困苦中得到了原谅，但我们也能够充分地感到，在这里，痛苦也并非意味着绝望。《污血》有其绝望的一面："这种生活的现实，并非让人们去死，乃是让人们被骗而死。"这本是不自然的、读来令人心碎的书，已经超越了绝望或希望。我们大家和他生活在这片陌生土地的腹地，许多伟大的俄国小说家都曾起意加以开发。实际上，在至少这样做过一次的人中，他是唯一的一位伟大的艺术家吗？大家都在向这方面努力，尽管有孤独也有惶恐，却是共同的，也是不可替代的。吉尤的伟大手法在于，他充分利用了每天都存在的苦难，以此来显现这个世界的痛苦。他把他笔下的人物推向一个具有普遍意义的水平线上，但又首先使他们生活在最为卑下的底层。我没见过其他的艺术定义，如果当今那么多的作家都想避开这种手法，那是因为对此惊奇多于相信的缘故。吉尤却不顾这些。他对存在几乎是无节制地爱好，他对一个充满各种人物的内部世界所进行的长期对比，自然把他置于最难处理的艺术领域。我刚刚对他所有的著作重读了一遍，我认为可以毫不犹豫地说，这部作品和其他作品完全不能对比。

但说到此，还没有提到《平民之家》这部吉尤的第一本书。我每读这本书心情都很沉痛，因为它引起我许多回忆。它不断地向我讲述着我所了解的那些事实。这个事实便是，人始终像摆脱不了死亡那样，被贫困所折磨："他听到火车的鸣声，便知道天是否在下雨。"我常常读这本书，以致使我觉得类似的话始终在我耳边响。现在我合上这本书，这些话便使得那位父亲的角色又在我眼前清晰起来。我从心底了解这个人物的缄默和反抗精神。他是那么与世无争，我觉得他同世界的协调，如同和他青年时代的协调一样，同那个经常和他最要好的朋友去泉边洗澡的青年一样。这个朋友在我的记忆中所占的位置明显地和他不成比例。但由于他已不存在，便永远活在我心中，仅仅是由于吉尤的一句话，说在他服兵役之后，他父亲便没有再见到他，我们根本也无法了解，这种军旅生涯对他是否严酷。这是一种很美的间接描述手法的典型。通过这种手法吉尤使我们感知到，苦难从他的感情里夺去了多少力量。极端的贫困削弱了记忆，却增强了友情和爱。特里斯坦以每月一万五千法郎的工资，过着手工工人的生活，便对叶瑟特再也无话可说了。爱情对穷人来说也是一件奢侈品，这就是惩罚。

我不想对这本书所提出来的种种再进行粗线条的描述，只想说明的是，我愿同这个人物保持神交，他是属于那种随着记忆的转变而转变，且永不疲倦的人。他在某种心情中打发他的人生已有二十余年，并且始终做好事。他的作者是不会不知道的。在当今之日，有多少书能够让我这样直言不讳地说出这些话来？将来又有哪些作品能够给我们这样一种机会，让我们赞扬其技巧并赞颂其作者呢？

相遇安德烈·纪德[1]

　　我第一次接触纪德的书是十六岁那年。当时我的一位姨父负担我一部分学习费用，他有时就送我一些书读读。作为一个肉铺老板，且生意非常红火，他却十分喜欢读书和发表一些这方面的见解。他除了上午经营肉铺生意外，其他时间，便在书房里读书、看报，或是在附近的咖啡馆里大谈文学。

　　一天，他递给我一本仿羊皮纸封面的小书，并说："你会感兴趣的。"在当时，我什么书都读，尽管

1　安德烈·纪德（1869—1951），法国诗人、小说家和文艺评论家。——译者注

安德烈·纪德 | 1869—1951

有些似懂非懂，也不求甚解，大约是在我读完了《女士信札》或者《帕尔达扬》之后，便打开了他送我的那本《人间食粮》，其中那些祈求、祈祷，让我觉得有些阴暗，并且对那些对自然恩赐的赞颂很不以为然。那年十六岁，我在阿尔及尔，就已对这些感到厌烦了。当然，我当时喜欢的是另外的东西。后来便看到那个"小玫瑰布丽达……"我怎么会认识了布丽达！我把这本书还给叔叔时说，的确，我对它挺感兴趣。后来我又回到海边，又开始了漫不经心的学习，又看起了消闲的读物，又过起了那种属于我自己的艰难日子。就这样，同纪德见面的机会也便错过了。

下一年，我遇见让·格勒尼埃。他也一样，递给我的东西里有一本书。这是一本安德烈·德·里什欧的小说，名字叫《痛苦》。我不认识安德烈·德·里什欧，但我却永远忘不了这本好书，它第一次向我讲述了我所熟悉的那些事情：大海，贫困，美丽的夜空。它解开了我内心深处那个阴黑的结节，使我摆脱了它的羁绊，对这种羁绊我只觉得憋闷，却叫不出它的名字。按照惯例，我花了一夜的时间读完了它。当我清醒过来后，便感到身上拥有了一种奇特的、新鲜的自由，于是我便有些犹豫地在这块陌生的土地上向前走去。那时我刚刚明白了，书籍的作用不只是让你忘记现实，也不只是供你消遣。那种固执的缄默，那种模糊又强烈的痛苦，我周围那个千奇百怪的世界，我亲人们的清高，他们的苦难，以及我个人的内心隐秘，等等，这一切原来都可以讲述。似乎有了一种解脱、一种条理，比如贫困，好像一下子便显现了它的真面目，而这一切都是我从前在黑暗中怀疑和尊崇的东西。《痛苦》使我隐约看到了创作的这个世界，是纪德使我进入这个世界的，在这里我又第二次和他的作品相遇。

于是我便开始认真地读起他的书来。有幸生了一场病，使我得以离开海滩和松垮消闲的日子。我仍然在不规律的生活中读书，却有一种强烈的新鲜欲望使我能够闹中取静。我试图从他的书中寻求某种东西，我希望能找到那个似乎属于我的隐约可见的世界。就这样，边读边想，在朋友的帮助或自己的努力下，我慢慢发现了一片崭新的天空。许多年之后我仍然把这段美妙的"学徒"生涯铭记在心。一天早晨，我终于又醉心于纪德的专论了。两天以后，我便能整段整段地默诵他的《爱情的尝试》。至于《浪子回头》，已使得我不能谈它了，它的至善至美使我开口不得。我便邀约了几位朋友对它进行改编，不久便把它搬上舞台。在此期间，我读了纪德的每一部作品，这时候我也接受了《人间食粮》中经常描写的那种动荡，却是在第二次读它时接受的——可能大家也看得出来，因为我第一次读它时，尚是一个未经开化的野孩子，同时也因为我对他所描写的那种动荡缺乏理解，这也并非一个决定性的对抗。在纪德后来自己确认这种解释之前，我已经学会了在他的《人间食粮》中吸取我所需要的东西了。

　　随后，纪德便支配了我的青年时代，而且对那些你至少曾经仰慕过一次的人们，你有什么理由不为他们把你的心灵提到那么一个高度而始终感谢他们！也正因这些原因，他对我来说既不是我思想上的师父，也不是我写作上的师父，我从他那里学来的是其他东西。基于我所说的那些，纪德对我来说，倒不如说是一位艺术家的典范，是一位守护者，是王者之子，他守卫着一个花园的大门，我愿意在这个花园内生活。比如，在他论及的关于艺术方面的意见，几乎没有任何意义，但我却完全拥护，尽管时代已同他那种观点愈来愈远。大家批评纪德的作品距离这个时代的焦点相当之远，大家经过比较，认为一个作家，想要使自己伟大，就应该是个革命者。但如果他是个革命者的话，也只能到革命爆发之际才是，此外，就不行。但究竟纪德是不是同他那个时代相距甚远，也还是不敢肯定的事。可以肯定的却是，他那个时代想远离他所表现的一切。问题是要明白，是否这个时代有一天能够达到他所表现的一切，而不致中途毁灭。纪德自己也担心这个对时代的第二种判断。讨论至此就比较容易了：这种判断是悲惨的。

我必须忘记纪德这个典范，强迫自己尽早地绕过这个无辜的造物主的世界，并离开我出生的这片土地。历史对我们这一代是有强制性的。我不得不加入在黑暗岁月大门前排队等着进去的人的行列中。随后我们便开始向前走，却没有到达目的地。但那时我为什么不改变目标？至少，我还没有忘记我生命之初时的那种富裕和光明，我也并非不喜欢它们。我并没有否认纪德。

我终于在我们这个年代最严峻的时刻行将结束时，又找到了他。那时我正在巴黎住着他的一部分房子。那是一间带有凉廊的工作室，最为奇特的是，在屋子中间悬着一个大秋千。我让人把它拆了下来，我想如果到我这儿来访问的知识分子们一个个悬在这个秋千上玩，岂不让人感到滑稽。在纪德从北非回来之前，我在这间工作室里住了长达数月之久。在此之前我从未见过他。但我们却似老相识一般，也并非纪德不愿意在这种亲密无间的环境中等待我，大家都知道，那是因为他顾忌到沸沸扬扬的谣传会破坏我们的友谊。但他在欢迎我时的微笑是明快和愉悦的。

四十年的岁月使我们天各一方，这是我们共同的苦难，于是我便同纪德知己般地在一起住了数周之久，却几乎见不到他的人影。有时他来找我要敲我的工作室和他的书房之间的两道门才能进来。只见他怀里抱着一只小猫，它名叫莎拉，它是从屋顶上跳下来跑到他房间的。有时候他也弹弹钢琴。还有一次他坐在我旁边听电台广播停战消息。我并非不晓得，那个搅乱了大多数人清静的战争，对他和我来说，却是唯一的真正清静。这是第一次我们一起坐在那台收音机旁感到对时代有一个共同的责任。其他时间，我只能听到他在房门的那边，有轻轻的脚步声，有轻轻的动静，似在深思，似在遐想。这能说明什么？我知道，他就在距我很近的那间屋子里，以自己无比尊严的精神严守那个空间的秘密。我也曾起意走进去，走进这个我们大家都在混战、都在呐喊的内部，但总是走过去又返了回来。

今天，他已离我们而去，谁又能代替门那边的我的那位老友？谁又能守着那个园门等待着我们的返回？至少，他直到撒手人寰依然在忠于职守。他继续接受着我们，所以向我们真正的老师们献上的那份温馨的敬意是理所当然的。对他的离去，一些人散布的那些无耻谰言，无损于他一根毫发；当然，那些专事骂人的人至今仍然对他的死猎猎不休。有些人对他享有的殊荣表现出酸溜溜的嫉妒，似乎这种殊荣只有不分青红皂白滥加实施才算公正，对此大家争论不休，直到他溘然长逝。

那张小小的铁床，需要进行何等的协调工作啊！死亡对许多人来说是一件极可怕的酷刑，因此我觉得欢快的死亡不啻一种创造。如果我是一个教徒，纪德的死会使我如释重负。但我所见到的那些教徒，如果他们有信仰的话，却不知他们信仰的是什么。总之，一切都毫无关系。那些失去恩宠的人，有义务在他们当中广施恩惠。其他人，是无须其劳神的，他们什么也不缺。而我们虽然什么都没有，却有一双博爱的手。这就说明萨特何以会站在他同纪德的分歧之上，向纪德表示了榜样作用的敬意。事实就是这样，有些人经过思考之后，便找到了那种既不过分也不轻佻的泰然的秘密。纪德的秘密就在于，他虽身处疑虑之中，却从不失去作为一个人的尊严。死，便是他一生承担到底的义务中的一部分。如果他在得到各种殊荣之后，在惊惶不安中死去，人们还会说些什么？这正如他所证明的，他的这种幸运已被窃取，然而并不是如此，他在向神秘微笑着，并面对毁灭呈现出一副像他面对生活一样的面孔。他也不在乎我们事先知不知道，我们这也是最后一次等待这个时刻了。也是最后一次，他忠于自己的约会。

监狱中的艺术家

　　就是在王尔德写他的《惨痛的呼声》和《雷丁狱中之歌》时，他便以自己的生活证明了，最大的聪明才智以及最辉煌的天才，都不足以成就一个创造者。但他却置其他于不顾，醉心当一个伟大的艺术家。作为把艺术视为自己唯一上帝的王尔德，是不会想到他的这位上帝不成全他这一愿望的。他始终坚持认为客观存在着两个世界，一个是世俗世界，一个是艺术世界。世俗世界单调枯燥地日复一日地重复着，而艺术世界则是独立而超群的，于是他便转过身来对现实世界背向而立，一心想生活在自认为灿烂辉煌的、理想的美的世界之中。于是他又下大力气想把自己的生活

41

奥斯卡·王尔德 |1854—1900

改造成艺术世界，努力使自己生活在那种协调、精美的艺术世界之中。

　　没有任何人在对艺术的狂热追求中比他走得更远，也没有任何人在这个时代中比他更不像艺术家。他以美来蔑视世界，而他自己呢，倘若以真正的艺术来衡量，却几乎什么也算不上。他当时的作品就如同那个《道林·格雷的画像》[1]一样，它被以惊人的速度匆匆画就，搞得满脸皱纹、苍老不堪，而其原型却年轻而漂亮。他想把生活搞成一个伟大的杰作，他的评价也正如他在《惨痛的呼声》开头部分所描绘的那样，按他的说法，他要把自己的个性注入生活，把自己的才华贯穿他的作品中。这话说得非常堂皇，并得到纪德的称赞，而且还广为宣传。但这也不过是一句话罢了。对于生活和作品，只有同一种个性或者同一种才华也就够了。可以肯定地说，才华绝不仅只产生一种人工创造的作品，却与轻佻浮华的生活毫无关系——每天在豪华的饭店吃夜宵，同才华毫无联

---

1 《道林·格雷的画像》是王尔德的长篇小说代表作。——译者注

系，甚至也不一定就是贵族，只要有钱就行了。纪德把王尔德描写得像一个酒鬼，一个美男子，一位罗马皇帝。"他光彩照人"，他说，这倒是可能。但王尔德在监狱中是怎样说的呢？他说："最大的缺陷乃是浅薄。"

王尔德在被判刑前是否想过世界上有监狱，就很值得怀疑。如果想过，那也是在内心中认为监狱并非为像他那样的人而设。他甚至还认为，司法机关除了为他服务之外就没有别的作用了。因为他是位享有特权的人。谁知事情竟怪到法庭把他给判了刑。他原想让法律为自己所用，结果却适得其反。自那时起，他才晓得世界上有监狱一事。在此之前他是想不到这点的，因为豪华饭店温暖又舒适。

尽管他非常欣赏莎士比亚，莎翁曾把那么多的王公大臣们送进牢房，但我们也可以说，他虽然欣赏莎士比亚，却没有懂得莎士比亚，因为在他所有的思想和行动中，都与监狱中的平民无缘。如果艺术是他唯一的信仰的话，那他也是一位艺术上的伪君子。并非王尔德没有这种心，他应该能证明这一点。但他缺乏的是想象，其他人在他眼里从来都只是观众，而不是演员。作为一个真正的纨绔子弟，他太过哗众取宠和太醉心于引人注目了，但他自己却没有被任何一种现实，甚或某种幸福所打动过。他唯一的幸福，就是在时装店穿衣打扮。他在《惨痛的呼声》中说："我的错误就在于只逗留在花园大树下朝阳的那一面，而另一面，由于有树荫和阴暗，我就躲开了它。"

但突然间太阳暗淡了，在他引起的那桩案件中，法庭对他判了刑。他生活在其中的那个卑鄙世界突然向他展现出自己的真面目，一群争名夺利之徒怀着卑鄙无耻的目的公开干起了卑鄙无耻的勾当。对此无须更多了解还发生了什么事情，他这位身穿囚服，像奴隶般的囚犯，在牢房里便开始觉醒了。有谁来拉他一把？如果光明灿烂的生活是唯一的现实的话，那么正是这个现实，它身穿常人的服装把他投入了牢房。如果人们只能在树林中朝阳的一面活着的话，那么王尔德就应该死在让他感到厌恶的腐朽发臭的阴暗面。但人并非为了死而生，所以人也就比黑夜伟大。王尔德选择了生，尽管在痛苦中而生，那是因为他在痛苦中发现了继续生存的道理。在很久以后他对纪德说：
"您知道吗？我之所以没有自杀，是出于怜悯。"只有
怜悯之心才能打动生活在痛苦中的人，只有它才不是
从特权中向他走来，它来自和他同样痛苦的人那里。
在苦役犯人监狱的院子里，有一个陌生的犯人，一直
未同王尔德讲过话。一天，此人走在王尔德的身后突
然向他开口了，只听他低声说道："奥斯卡·王尔德，
我同情您，因为您应该感到比我们更苦些。"王尔德
莫名其妙，便对他说："并非如此，在这种地方，所
有的人都一样苦。"在这一瞬间，我认为王尔德已经
找到了他从前从未经历过的那种幸福感，难道我想错
了吗？他的孤独感可能会消失。一位正在服苦役的大
贵人，对自己是否已然醒来还是仍在做着可怕的梦
尚不敢肯定的时候，便突然间走进了一个光明的所
在，并把从前的一切事情又重新摆在了他面前，此时
他感到的不是一般的耻辱，乃是一种使人感到难熬的
耻辱，乃是对自己在这个世界上因犯罪而被审判、被
判刑，在参加烛光晚会前便被投入监狱的一种尖刻的
羞耻。他明白，他的兄弟们并非生活在花花世界里的

人，而是那些在监狱大院里放风的犯人，他们一边走动，一边不知在嘟囔着什么。这一位也一样，他甚至还能在清晨同大家一样，在监狱的走廊里迈着蹒跚的步伐对王尔德的《雷丁狱中之歌》发表某些意见。这时他写给原来那些浅薄轻浮的朋友们的信中说道："没有任何一个不幸的人和我一起被关在这种悲惨的地方，在这里，同生命的奥秘只有象征性的联系。"

但同时，他却发现了艺术的奥秘。有一天，王尔德被他苦主的一位代理人、一位衣冠楚楚的人士带上破产法庭，他被绑着双手，由两名法警挟持着。就在这一天，他见到了一位老朋友，只见此人在众多的冷眼旁观并面带嘲笑的人们中，庄重地举起帽子，向这位不幸者致意。就在这一天，他懂得了并且写道，这个很不显眼的动作为他"开启了所有怜悯的井泉"。就在这时，他能够理解莎士比亚了，他懂得了那个从前他读得很多却并不理解的人，他也便在这时才能写出一本好书。这本好书的诞生，得力于一个人的痛苦经历。在《惨痛的呼声》中，从他的第一句话开始，便是掷地有声的语言，便是王尔德过去曾经寻找过却从未找到的语言，与此同时，他前期作品所构筑的脆弱而辉煌的大厦，便轰然倒塌了。就其主旨而言，《惨痛的呼声》只不过是一个人的忏悔，他坦率地承认，他在生活道路上所走的歪路，并没有在艺术道路上走得远，他愿意以此来重建自己的生活。王尔德承认，为了使艺术同痛苦分离，他已斩断了艺术的一枝根须。为了真正地为美服务，他愿意把美置于世界之上，但穿的却是苦役犯人的劳动服，并承认他已在人类的共性之下重新装点了他的艺术。因为这种艺术已不能为被剥夺了一切的人带来任何好处。在《道林·格雷的画像》那里找不到任何一点一个苦役犯人心里应有的反应，倒是在《李尔王》或是《战争与和平》中，能够看到一种被在低矮的茅屋里哭泣或反抗的人们所认可的那种痛苦和幸福。当王尔德用他那双直到那时为止，除了捧过名贵的鲜花外没有干过任何活计并保护得很好的手打扫他牢房的地板时，从他写过的东西中找不到任何东西可以帮他的忙，而他以其天才写出来的为不幸者们的痛苦的呼喊声，却拯救了他的灵魂。此外，他那些华丽的辞藻，那些奇妙的童话，对他也没有任何帮助。但俄狄浦斯¹在危急情况下，那几句赞扬人间秩序的话却能够做到。因此，索福克勒斯²是一个创造者，而王尔德却不是。他天才的最高体现，也只不过是他创作了在众人眼中，也是在他自己眼中最为悲惨的为那个苦役犯人争荣誉的作品。如果不是为了赋予痛苦某种意义的话，那么创作这样的作品有什么意义？难道说仅是为了表明这种痛苦是不可接受的吗？美，便在这非正义和邪恶的残杀中显现了。于是，艺术的最终目的乃是否定判决，否定一切指控，为一切做辩护。为生命和人做辩护，但这一切并不是美，只有基于真实才是美。任何一部伟大的天才作品都不是建立在仇恨和蔑视的基础之上。真正的创造者，无论在其心灵的某一点上或其历史的某一阶段上有什么不平，其最终都应该是以消除仇视为归宿。这样，他便达到了一个共同的标准。

1　俄狄浦斯，希腊神话中的英雄。——译者注
2　索福克勒斯（前494—前406），希腊悲剧诗人，他写过关于俄狄浦斯的诗。——译者注

有哪些艺术家，他们会拒绝站在一个社会地位低下的人那边？只有这种所谓的"低下"才能够赋予他们以真正的才能，倘若没有这一点，他们便不可能达到这个标准。同样，倘若没有这一点，他们便只能在这个共同标准之下，成为这个标准的奴隶，尽管他们并不想那样。不错，也有那么一些人，他们相信，只要能达到这个标准，便能够施展其创作才能，而且也确实达到了这个标准，但他们能永远坚持下去吗？这种热情可以弥补自己的不足。但艺术如果排斥世俗世界的真理，便会失去其生命力。然而这种生命力虽对他十分必要，却还不够。如果艺术家不排斥现实，那他就应该对这个现实做出更高的评价。但如果你决心对这个现实不予理睬，你怎么还能为它做出正确的评价？然而如果你甘心做它的奴隶，又怎能改变这个现实？当这两种截然相反的观念相遇时，就像伦勃朗[1]画里的光线和阴影一样，既沉静又特别，只有这样，才

1　伦勃朗（1606—1669），荷兰画家，他的画发展了明暗对比的手法，擅用聚光及透明阴影突出主题。——译者注

能保持住自己的才能。因此，当精疲力竭的王尔德走出监狱时，他已无力顾及其他，便写了那部了不起的《雷丁狱中之歌》，又重新使他的呼声响了起来。这种呼声在一天早晨突然响起，并代替了雷丁狱每个牢房里犯人发出的、被达官贵人们压制下去的呼声。这时，在世界上唯一还能使他关心的事，便是他狱中共患难的兄弟们，以及他们当中那位以有伤风化被定罪的那个人。在《惨痛的呼声》最后那些句子里，王尔德信誓旦旦地表示，自那以后，他把艺术和痛苦视为一体。他的《雷丁狱中之歌》由雅克·布尔译成法文，译文漂亮又富有感情。这部著作应该依然信守着这一诺言，于是便沿着这条令人惊异的路线走了下去，并把他从沙龙艺术（在这个沙龙中，其他人都听他自己的呼声）引向监狱艺术，在这里，每个牢房的犯人都发出共同的苦闷的呼声，这呼声是对着他而发的。

于是，随着盲目地认定任何生活都伴随着痛苦这一看法，人可能又开始了另一种狂热。但这时的王尔德，除了偏爱和赞扬之外，已没有了其他，这是他那个时代、他生活的那个世界所造成的。是的，那个奴颜婢膝的社会所赞成的犯罪活动，同我们这个社会一样，强迫他们遭受痛苦和束缚，尽管他们也能够从幸福中隐约见到一些现实。然而这要花多大力量才能做到呢？现实的奴隶状况总比老爷们的诺言有价值。由痛苦而造成的、超乎虚荣心之上的王尔德的这个伟大的灵魂，正是因对幸福的向往所致。他要找到它，必须越过痛苦才行。于是他说："下一步，我就要学习怎样才能幸福。"但他并没有学到手。走向现实的努力，以及监狱中那一切都使人走向堕落所形成的阻力，足以使他精疲力竭。在《雷丁狱中之歌》完成之后，王尔德便再也写不出什么了。无疑，他内心深处有一种艺术家的难言之苦，那就是，他晓得如何发挥自己才能的道路的走法，却无力在那条路上走下去了。剩下来的就只有苦难、仇视和冷漠。他为之生活的那个人，可能认定他已被判决为终身囚犯，那原因就是他从前的所作所为。因此，他也就对那种在已成云烟的往昔欢乐时刻的那位主角以背相对。于是他又对自己作了第二次判决。那个人还谴责了作为诗人的他，不是因为他往昔所表现出来的那些不道德的操行，而是因为他在逆境中的那些放肆的言论。纪德甚至还承认在巴黎同王尔德相见时自己的尴尬情状，那时王尔德已然没有了生活出路，也不再写东西了。很可能他没有注意把那种情状掩饰起来，以致王尔德在讲这句想表示自己重新回到我们中来的话时，感到很窘迫："请不要对一个已受到打击的人再怀有怨恨之心。"当时，王尔德凄惨、孤独，什么也写不出，但有时却梦想再返回伦敦，以便重温一下"生活中的国王"的旧梦，但他也可能想到了那时的他，已然一无所有，甚至连在监狱的院子里曾经感觉到的那个真理也丧失了。但他却错了，他为我们留下了辉煌的遗产：《惨痛的呼声》和《雷丁狱中之歌》。他就在我们身边死去，在海峡左岸这个国家的一条大街上死去。在这个地方，艺术和工作都同样受到限制。在那里为他送葬的，都是艺术大街上的老百姓，而不是他从前那些显赫的旧友，但这恰好证明了他的新生，也向知情者宣告了那个诞生不久的伟大艺术家刚刚去世。

罗歇·马丹·杜·加尔 | 1881—1958

罗歇 · 马丹 · 杜 · 加尔 [1]

　　请在小说《变化》中看一看对那位父亲马兹莱尔和他妻子的描绘吧。从他的第一本书起，罗歇 · 马丹 · 杜 · 加尔就展现出他擅以深刻的笔触描写人物的特点，这种写作秘诀似乎在我们今天已经失传了。这种三维空间的写法扩展了他的作品，在当代文学领域显得有点儿不太寻常。既然它很有效，我们的作品便能够从陀思妥耶夫斯基那里得到借鉴而胜于从托尔斯泰那里去寻求。许多追随者都从他那里寻求那种对命

1　罗歇 · 马丹 · 杜 · 加尔（1881—1958），法国作家，主要作品有长篇小说《蒂博一家》。曾获 1937 年诺贝尔文学奖。——译者注

运的思考指手画脚的评论。当然，形象、鲜明、生动和人物的深刻性，也能在陀思妥耶夫斯基的人物中同时并存，但他同托尔斯泰一样，并非以此作为他创作的准则。陀思妥耶夫斯基寻求的首先是内心的激情，而托尔斯泰所追求的是形式。在《群魔》中，那些年轻的女性同娜塔莎·罗斯托夫之间，同电影当中的人物和戏剧舞台上的角色之间有着共同的区别，即活泼有余、深刻不足。这种写作的缺陷，在陀思妥耶夫斯基的作品中，通过补充说明得到了弥补。但我们当代一些作家们却极不切实际地把这些东西接受下来。他们从陀思妥耶夫斯基那里继承下来的是些阴暗的影子。接受了卡夫卡[1]的影响（卡夫卡的特点是幻想胜过艺术）和美国当代小说写作技巧的影响，我们的一些艺术家们总是费尽心机地设法加速历史的进程，为包罗万象，便流于浮光掠影。这种做法使得我们的文学专事追求刺激，并令人失望。文学苍白无力乃是奢望太高之故。对此，无人敢说，这是一个文学创作上

---

1 卡夫卡（1883—1924），奥地利作家。——译者注

新时期的开始。

罗歇·马丹·杜·加尔的写作生涯始于本世纪初（二十世纪），是他同一代作家中唯一可以列入托尔斯泰体系的文学家。可能也是唯一一位能预示着当代文学到来的人，能够接受并能以其对未来的希望解决某些遗留给他的各种问题的人。马丹·杜·加尔和托尔斯泰一样，对众生有极大的爱心。他描写众生的手法，对他们表现出来的原谅态度，在今天已然过时了。托尔斯泰描绘的世界，构成一个包罗万象的整体，是被同一信仰所激励的统一有机体：他笔下的人物无一不是永恒的最高境界的追求者。他们当中的每一个人，无论是可见的或不可见的，都被安排在各自历史环境的某一个位置上，都以屈从而告终。而托尔斯泰本人，也逃避了自己温暖的贵族之家，去体验众生的不幸、世界的悲惨和他一直坚信的众生无辜生活。这种信念，在罗歇·马丹·杜·加尔所描绘的世界里是没有的，他本人也在某种情况下缺乏这种信念。因此，他的作品也是那种充满疑惑、失望、自认无知，对人类的前途感到迷惘的作品。通过这一切，也通过他那种不为人所见的大胆探索和自己所承认的矛盾心情，可以说，他的作品是属于我们这个时代的。今天，他的作品能够向我们解释这一切，可能将来，对来者也有帮助。

对实现我们作家们真正的雄心壮志来说，这是莫大的幸运，即在我们比较并吸收了《群魔》之后，也可能写出《战争与和平》来。经过了漫长的奔波，经过了战争与否定之后，尽管他们不承认，但他们依然在内心深处保留着能够找到一种共通的艺术的愿望，以便使自己创造的人物有血有肉并能永存。在目前这种社会情势下，无论在西方还是在东方，这种伟大的作品能否出现，还是个未知数。但是没有理由摧毁我们的这种希望，即这两个社会，倘若不是自相残杀、发生普遍动乱的话，便会繁荣起来，并互相沟通，这样，新的创作便会出现生机。我们应该善待自己发挥才能的机遇，并期待着新艺术家的出现，把他所经受的压迫、苦难都一一写出，并吸取现代社会一切事件的精髓，那时他的真正命运，便在他作品中定格，便能够预示未来的情景，那便是真正的创作。这些尚难想象的任务，不应该同以往的艺术奥秘相脱离。罗歇·马丹·杜·加尔的作品，在其静默和沉稳中包藏了这种奥秘，并在我们不知不觉中，使之为我所用。在他那里，我们既是主人又是随从，我们发现了我们所没有的东西，接着又发现了我们自己。

福楼拜说："伟大的作品似一头巨兽，它的神色总是很沉静。"是的，但在它的血液里却流淌着奇异的、青春的热情。马丹·杜·加尔的作品，其灼热感和勇敢精神已经在向我们逼近，但它却更表现出其沉静的神色。在某种纯真的外表下面掩藏着几乎是冷酷的明智，这需要经过思索才能发现，当你发现时，它却又向前延伸了。

必须指出的是，首先，马丹·杜·加尔从来没有想过，激情也能成为一种艺术手法。人和作品在退隐的生活中、在同样坚韧不拔的努力中经受了锻炼。在我们伟大的作家中，马丹·杜·加尔是很少见的一个，竟没有人知道他的电话号码。这个作家就这样存在于我们的文学界，并且以坚强的姿态存在，他把自己融于其中，像糖溶于水中那样。荣誉和诺贝尔文学奖，容我大胆地说一句，只不过使他多干了一夜的工作而已。在他身上有某种神圣的东西，正像印度人说的那样：你愈是呼唤它，它跑得愈远。但有幸认识他的人都晓得，他的谦逊是实实在在的，在这一点上，他表现得有些反常。至于我自己，却始终认为一个谦虚的艺术家是存在的。自我同马丹·杜·加尔相识以来，我的这个信念便动摇了，这种隐退的畸形谦虚，除了他性格的古怪之外，尚有别的原因，即作为一个名副其实的艺术家，他怕因此占用他的创作时间。这条理由自从他把自己的创作当成他生命的一部分时，便觉得绝对必要了。时间已不再是作品产生的过程，它就是作品本身，而任何一种消遣、交际都会影响他的创作。

这样的信念否定了激情和人工的设计，但它却在一切有关创作活动中接受了一种纯粹工人式的工作方式。在马丹·杜·加尔步入文坛之初，那时人们对文学的参与有点像参与宗教一般——如今已是完全参与了，至少是表面上完全参与了，像大家茶余饭后议论闲谈一般。这种闲谈也只不过对文艺作品中某些哀婉动人的情节的议论而已，但它能在某些人中产生影响。无论如何，马丹·杜·加尔对文学的严肃态度是肯定无疑的。他第一次问世的小说就是那本《变化》，它只不过是对文学概念的一种阐述，写得粗糙，缺乏个性。他让那个颇具自己倾向的人物开口说："天赋，人人都有一些，而现在已经不再有，但又必须有的，乃是信仰。"就是这个人物，他自己既不喜欢那种过于"雕琢"的艺术——他称之为"被阉割"的艺术，也不喜欢那些"尚不成熟的未婚少女式"的文风。我希望大家能原谅作者这种既讲真理又重现实的特点。总之，被人称为"粗糙"的马丹·杜·加尔的小说，仍然在平坦的大路上继续前行。"在巴黎，所有的作家好像都很有天赋，实际上他们从来没有时间去捕捉任何天赋，他们有的，只是互相借鉴的某种技巧。那是许多个人智慧集中起来形成的一种共同财富。"

我们应该明白，如果说艺术是一种宗教的话，那么它也不是一种可爱的宗教。在这一点上，马丹·杜·加尔立即便同为艺术而艺术以及象征主义的理论分道扬镳了，并且给他同时代的作家造成了许多微妙的混乱，而对他自己呢，除了在写作风格上产生了某种迎合读者的痕迹外，并没受任何影响，但这点微疵也只不过是青年人脸上的粉刺而已。他在写《变化》时，年仅二十七岁，就已经带着景仰的口气在其作品中大量引用了当时已是成名作家的托尔斯泰的语录。自那时起，他便严格地遵守艺术上的禁欲主义和冉森教义，并且终生不渝，这就使他从不追求轰动效应，不哗众取宠，并为一个站得住脚的不朽作品而勤奋努力。这位具有远见卓识的早熟的作家说："困难之处不在于你有没有人物，而在于如何使这个人物站得住脚。"不错，他这种天才很有昙花一现的危险，但他所凭借的是勤奋的工作和坚强的个性，这使他荣膺殊荣并终其天年。他的勤奋，他的组织才能，以及他的谦虚始终是他自由创作的主体。我们不应苛求地说，马丹·杜·加尔的美学观点应该在他的作品中扩大到某种历史的范畴，并在其中把个人问题放在首位。从事自由劳动的艺术家，他的理性和他的欢乐，最终能够承受任何委屈，却不能影响他的工作。如果不剥夺他的工作权，那么对于外界赋予他的特权他并

62

不拒绝。

就是把他其他的特点放在一边，他的作品也已然形成了一个坚如磐石的整体，而其核心，便是《蒂博一家》，其支柱是《变化》《让·巴洛瓦》《年老的法兰西》《非洲秘密》，还有他的戏剧作品。对这些作品我们可以讨论，也可以从中找出其局限性，却不能否认它们已经站住了脚跟，并且是堂堂正正地、以其无比的真诚站在那里。评论家们可以在其中加上些什么，也可以删去些什么，但一个不争的事实是，在我们法兰西，众多异乎寻常的作品中出现了这么一部作品，在这些作品周围，你可以四面观赏，就像围绕着一个雄伟的建筑观赏一样。在他的同代中出现过那么多的美学家，那么多观察细致、文笔优美的作家，那个时代也带给我们一部描写众生和体现爱心的沉重作品，这部作品完全按照经过考验的技法写成。这座人类的殿堂乃以其一生所从事的艺术的严肃性所建成。

在艺术上几乎成为一条规律的，就是任何一位创造者，都想使自己的作品十全十美而被压得喘不过气。马丹·杜·加尔在艺术上有口皆碑的诚实，基于各种原因掩盖住了他在利用时间上的真面目，时间可以向他提供写作的才能和即兴发挥的余地，但由于他的诚实，却使人觉得才能不需要时间，而即兴发挥也无须勤奋思考一般。外界的批评在肯定了他的这种品德之外，认为他在这方面做得有些太过，但他们却忘记了，在艺术上，品德也是一种手段。在使我们感兴趣的作品中，大胆的写作也是不可或缺的。几乎所有大胆的描写，其结果总是在追求某种心理上的现实。因之，这种大胆便使得众生的暧昧具有了价值。没有这种暧昧，心理的现实也便没有了意义。我们在读《变化》时，已经惊讶于其结尾的那种残酷的现实性了，那时安德烈刚刚痛苦地埋葬了他的妻子，便在窗户下看到了他所喜欢的那位年轻女仆，对此，我们猜想，她会帮助他平息丧妻的痛苦。

性欲，以及它在生活上造成的阴影，也被马丹·杜·加尔直率地表现出来。尽管直率，却并不生硬。他在这方面的描写从不吝啬篇幅。由于在这方面的吝啬，使得当代许多小说读来令人感到枯燥无味，如同一部礼仪教材。他从不满足于单调的长篇大论，而是选择了由于性生活的不适当所引起的不可忽视的影响。作为一个真正的艺术家，他并没有把性生活如实地描述下来，而是通过间接的手法写出了性生活应该是什么样的。例如，德·封塔南太太由于她丈夫的不忠，自己便也耽于声色淫荡，从而导致了她终生的性衰竭。对此，我们在《蒂博一家》中还发现性和死亡奇怪地纠缠在一起的情节（当时依然是黑夜，在弗鲁兰老人安葬之前，丽丝贝把这一秘诀传授给了雅克）。无疑，在这里必须看到艺术家的写作特点，即一种显示性生活异乎寻常的存在的描写手法。

但性欲不仅只同死亡纠缠在一起，它还影响人的精神，使精神处于模糊不清的状态。那位善良的基督教徒蒂博老人在他的记事本上写道："不要把对别人的爱同你在抚摸一位年轻人时产生的那种激动情绪当成一回事，哪怕那个年轻人是个孩子。"随之他又把最后那句话抹了去。这样，他便解决了羞耻之心同真诚情感的关系。而马丹·杜·加尔用一句话就使人明确地感知机械同心灵的感应是怎么回事儿了，他描写道："他的手，下意识地解开她的裙带，而他的双唇却印在了这个小姑娘的额头，给了她一个慈父般的吻。"

整个作品充满了这种真实的情趣。马丹·杜·加尔在《年老的法兰西》中不仅向我们描绘了最丑恶的嘴脸，即那个邮差儒阿尼欧的嘴脸，同时该书还充分地显示了乡下人的心理状态，在最后一页的结论是令人吃惊的。在《非洲秘密》中，作者仅用一句简单的话就把一个乱伦的兄弟那种令人遗憾的行为说成是极其平常的事。在《一个沉默者》中，马丹·杜·加尔竟敢于在 1931 年把一个非常体面的工厂主同性恋的事情搬上舞台，而且语言绝不庸俗。在《蒂博一家》中，这种新奇的事就更多了。我们可以举出不少这方面的场景，比如吉涅竟把自己处女的乳房紧贴在一个孩子的身上，那是因为这个孩子是她原先所爱的那个男人同另一个女人所生的。

关于马丹·杜·加尔的创作"手法"，我们还可以再举一个例子，即蒂博老人假死的情节。为把这个人物的死塑造成喜剧效果，这确实是小说家别出心裁的做法。这位一心想当一个虔诚基督徒的人无论是欢乐还是忧郁，都不可避免地会生病，而且自己也不晓得这种病足以致命，结果不可避免地在临终时造成喜剧效果。于是他便在病榻前怀着半虔诚的心情把所有的仆人都召集起来进行死前的排练，让他们做出伤心流泪的表情，并加以指正评点，还要让他们带着圣洁的感情。于是蒂博老人便等待着这一切应产生的效果，就像所有病人一样，等待着消除自己心中原先隐藏着的那种疑虑。但仆人们对这位老人在临终前指示的信以为真，他们出自内心的悲痛，一下子便使他了解了自己真正的身体状况。他这一出喜剧，并没有达到预期的目的，反而使他明白了自己病体残酷的真相。他原想假戏真做，到头来却成了事实。自这时起，他的病便开始一天天沉重起来，而对死的恐惧也使他的信仰化为乌有。"啊，为什么上帝会把我置于这种境地！"他的这一声呼喊，便为他发现了自己信仰的空洞和虚伪这一悲剧定了性，同时也是他必然的结果。

　　这样一幅画面，实在是一大手笔。小说家善于勾画人物心灵的动态，这种心灵动态把人的存在当成了表现手段，这是别人学不到的。这只能是我们一个学习的样板，而且是我们永远追求的样板。

《让·巴洛瓦》写于 1913 年，它反映了我们大家都感兴趣的那个事件。这篇奇特的小说尽管手法很特别，但主题却为我们大家所熟悉。从技术上讲，它丝毫没有小说的特点，打破了一切传统手法，在后来的文学作品中，未见有类似者。作者似乎系统地研究了最不是小说式的小说写法，因此在这部小说中采用了对话式体裁（其中还不时加有舞台上旁白式的简短说明），并引用了许多当时的资料，而且是未经加工的原始资料。这样便不会使人读来感到枯燥，并且可以使人一口气读完。之所以能达到如此效果，可能是作者对这样一个主题进行了精心的技术加工的缘故。实际上，马丹·杜·加尔曾有意把他以后的小说都以这种形式写出，但他经过思考后认为只有《让·巴洛瓦》才适合这种体裁。在这个意义上，我们可以说，这部小说乃是科学主义时代的唯一一部伟大的小说（作者原意想在科学性处理上超过左拉的小说）。因此，作者把书中人物的希望和失望表现得非常明确。

这部档案式小说是一部专题式著作，它在表现宗教危机上，比历史档案更具轰动效应。但把一个人心灵的激动或怀疑记录下来公之于众，不管怎么说，也是适应了被科学宗教主义所激怒了的那个时代所需要的一种做法。书中的巴洛瓦抛弃了旧信仰，转到另一种新信仰。如果说，面对死亡的到来，他在最后时刻又背叛了这种新的信仰，他仍然不失为那个在 1914 年便已解体的短命新时代中的一员。他本身的经历，比被用一种新的笔法向我们娓娓道来的那种经历更使人激动。读这种档案式的小说使人如读一部冒险小说，因为它奇特的形式同它所叙述的那段史实连接得十分紧密。一个对传统信仰持怀疑态度并相信自己已经找到了一种更加科学的信仰的人，其演变过程，通过马丹·杜·加尔独特的技术处理，就显得更加动人。但最终，科学无论对巴洛瓦还是对他的作者来说，都不能使他们满意，但就其方法或者至少就其理想来说，由于艺术的伟大的功能，在这本小说中已暂时地得到了升华。这一辉煌的业绩，无论是在我们文学领域还是在马丹·杜·加尔自己的作品中，都堪称绝后的。

但激励他的那种信仰，却在本书中受到了威胁，果然，它不是已经在野蛮的机械无节制的发展中过早地夭亡了吗？至少《让·巴洛瓦》也是一部遗言性的著作，我们从中可以看到对已逝信仰的那种使人动情的见证，以及对我们未来的预卜。

信仰和科学的冲突，在本世纪初（二十世纪）曾引起过很大的波动，如今已然不再闹得那么沸沸扬扬了。但我们却生活在它的余波中，这在《让·巴洛瓦》中已体现出来。只举一例便可见一斑：不信宗教现象，在书中已同社会主义运动的主张紧密地联系在一起。这部小说就已赤裸裸地把我们历史中最强有力的一次冲突公之于众。在逃避同上帝单独接触时，巴洛瓦遇到了人类。他的解脱与德雷福斯[1]所展开的声势浩大的行动同时发生。所谓《散布者》把巴洛瓦同人道联系在一起，并以人的名义使所谓历史的欢乐

---

[1] 德雷福斯（1859—1935），犹太血统的法国军官。法国军方控诉他把国防机密出卖给德国，被判终身苦役。事实证明乃系诬告，随即引发了一场民主力量与反动势力之间的尖锐政治斗争。小说《让·巴洛瓦》便以此事件为历史背景。——译者注

（即斗争和胜利），在他身上开花结果。相反地，所谓历史的醒悟，却又逐步把人引向孤独、忧伤，在他临终前又使他放弃了新的信仰。人类这个共同体有时帮助他生，但它能够帮助他死吗？这便是马丹·杜·加尔这篇作品的实质问题，并成为他的悲剧体裁。因为对上面问题的回答是否定的，那么当代不信宗教者的情形，就是暂时的狂热，甚至是平静的。因此，今天许多带有某种狂热情绪的人宣称，人类这个共同体可以阻止死亡。对此，马丹·杜·加尔什么也没说，实际上他是不相信的。但他却在小说中，同巴洛瓦相对比描绘了理性主义者的面貌，这种理性主义者不改变自己的看法，并且理性地死去。那位斯多葛派的禁欲主义者吕斯，在当时可能便代表了马丹·杜·加尔的理想。如果我们相信吕斯本人，那么理想就显得格外的严峻和阴暗了。"我没有两种道德标准，人们可以无须受任何幻想的欺骗，只通过一条真理之路便能达到幸福的境地。"但人们也不能为抛弃幸福下一个明确的定义。我们只需牢牢地记住那些失去所有的希望，并决心同死亡较量到底，随后又被转移到我们文学领域来的人，他们的第一副面孔，被马丹·杜·加尔在 1913 年描绘出来就够了。

这样一个紧卡在历史和上帝之间的个人命运的伟大主题，后来便以交响乐的方式被安排在《蒂博一家》之中，其中所有的人物，都向 1914 年夏季的那场灾难走了过去。只不过宗教问题已不再被放在前台而已。但这个问题一直向前奔走，穿过前几卷，随着历史逐渐掩盖了个人的命运而消失，但在最后一卷描写安托万·蒂博孤独的苦恼时，它又以消极的形式重新出现。这个问题的重新出现是有其原因的，同所有真正的艺术家一样，马丹·杜·加尔，最终还是对这个问题挥之不去。他这部伟大的作品在完成时仍然回到了他所有作品的那个一贯的主题上去，即人的没落上面。这一点很重要。但在《蒂博一家》的最后部分《尾声》中，马丹·杜·加尔的两个重要人物神父和医生，神父不见了，或几乎不见了，《蒂博一家》这部小说也便以一位医生的死去而告终，这位医生是所有医生中唯一死去的。对马丹·杜·加尔来说，也同安托万一样，问题似乎除了在人道主义的水平上提出之外，其他方面便没有什么问题了。这是历史的经验，并以强制的方式出现，它解释了安托万何以会那样演变。历史的倾向，在今天已是无神论了，至少它表面上看起来是如此。简言之，二十世纪历史的不幸便是资产阶级基督主义垮台的标志。我们在下面这个事实中可以看到这样一个有象征意义的阐述：在安托万眼中是宗教代表的蒂博老人，在他宣布了自己无神论的观点时，他死去了。同时，普遍的战争也便爆发了，而那个自认为是商品和基督的社会也在血泊中倒塌。如果我们理所当然地认为《蒂博一家》是此前小说中的第一部，我们也必须申明，它更是当今小说中的第一部。因为马丹·杜·加尔小说中的人物，同我们现在小说中人物的不同之处在于，他们在历史的斗争中投入了某些东西，也失去了某些东西。现实的压力在起作用，甚至在他们存在的本身内部起作用，这种压力动摇了存在于宗教和文化内部固有的结构。当这种结构以某种方式被摧毁之后，人也便不存在了，只有等待着某一天重新出现。就这样，安托万·蒂博首先向别人的存在打开了心扉，但他向前迈出的这第一步，仅只使他敢于面对死亡，并摆脱任何慰藉和幻想，去寻求生存的道理。随着《蒂博一家》所诞生的，是半个世纪中的人群，是我们与之打交道的那些人，只要我们不裁决他们是什么样的人，那他们就准备什么都接受。

这一主题在安托万这个人物身上明显地体现了出来。在两兄弟中，雅克经常受到表扬和赞赏，他以一个典范的形象出现。但相反地，我却在安托万身上看出了，他才是蒂博这个家庭中真正的中心人物。另外，既然我们不打算在此对这么一部规模浩大的作品做一全面评论，我认为至少应该强调一下，这两兄弟在作品中应该并驾齐驱。

作为书中的核心人物，我们讲了安托万选择信仰的原因。《蒂博一家》这本书为他而敞开，也为他而合上，而其空间也在不断地扩大。而且安托万这个人似乎比起雅克来更接近作者。无疑，一位小说家本人可以有他小说中各种人物的表现，同时也可以流露出他们的感情。因为其中的每个人物都可以代表作者的一种倾向或者表达他的一种欲望。马丹·杜·加尔本人就是，或者曾经是雅克，或者曾经是安托万。他赋予他们的语言习惯，有时就是他自己的语言习惯，有时又不是。但基于同样的理由，作者总是距自己的人物最近，也总是距这些人物在他周围引起的矛盾冲突最近。从这一观点出发，由于安托万这个人物性格的复杂以及他那种颇具浪漫色彩的灵活机动，他要比雅克显得丰满多了。最后，也是我主要的观点，即《蒂博一家》这部小说深刻的主题思想在安托万身上的体现，比在雅克身上的体现更令人信服。这两个人物也确然脱离了他们个人的小天地而走向了人类共有的大天地中，在这方面雅克甚至比安托万更早一些。但前者的演变，其意义比后者要小，因为前者的演变过程显得更具逻辑性而且是可以预见的。有什么事情比从个人的反抗过渡到思想革命更容易呢？相反地，还有什么比在幸福者的内心世界里发生的这种伟大的激情更深刻、更有说服力呢？

无疑，《蒂博一家》的第一批读者对雅克的关心做出了解释。青年人在当时是时髦的。而马丹·杜·加尔这一代人，又把这种对青少年崇拜的习俗传到我们这一代并感染了我们的文学领域（我们当代的每个作家，每当遇到一件事需要了解青年们真实的想法时，他都要带着忧伤的心情自问，青年们到底对他是怎么想的）。我不敢肯定，我们 1955 年的读者在喜欢雅克甚于安托万这个问题上到底能坚持多久。至少，我们应该承认，马丹·杜·加尔对雅克的塑造是成功的，他是我们文学作品中最美的青年形象之一。这个典型人物，他勇敢、坚强、心口如一，怎样想便怎样说（好像凡人们想的事，都是应该讲的），他珍视友谊却不善谈情说爱，他耿直又拘谨，像个涉世不深的儿童，这不但影响他自己，也使别人觉得不舒服，就这样，他以其不妥协的精神和纯洁的品质投身于坎坷的人生。这个人物被作者塑造得栩栩如生。

但在小说中表现出一种特殊的命运，像流星一般在生命中一闪而过。即雅克以某种方式表现出他不善应付生活，他的两大经历，一个是爱情，一个是革命，这两件事便是证明。我们可以看到，雅克首先把革命活动放在爱情之前。当他同珍妮结合后，他努力想使爱情同革命齐头并进，这是他的一种无可奈何的想法。那就让革命暴露吧,这也暴露了他自己,那便是他一下子丢开了珍妮,使自己孤独地死去,他愿意在这方面做出榜样。这种离去是唯一使他们爱情得以永固的保证。愤世嫉俗的珍妮已经开始恨雅克了,但她又不爱上流社会里的那些人,她不能承受别人对她的接近,这会使她陷入深深的思想斗争之中,但她却又远离了雅克,并对他表现出某种生硬的感情,甚至看不到她有什么笑脸,那情形恰似一位寡妇的生活写照。似乎这位珍妮就是被人从一段木头做成了一个女人。对死去的情夫应该忠诚的观念,以及对他们这种奇特爱情的结晶——他们的孩子的照料,这一切足以使她站立起来。实际上,对他们这两个处于"窘迫"状态的人,又能设想出什么出路呢?

更难于描绘的,是安托万的形象。与雅克相反,他以极强烈的感情对生活表现出真挚的爱。他很讲求实际,作为一个医生,他能够支配人的身体这个王国,他的个性就体现了他的志向。他的友谊、他的爱情也都实实在在。朋友的帮助,女性的光彩,是他感情的归宿,因为这些都可以照亮他的心灵,激发他的才智。他有时对自己所直接感受到的事物比对自己所相信的事物更为亲切。在封塔南太太面前，他严格地要在肉体上保持一个耶稣教徒的形象，实际上他同那些人并无瓜葛。

这种对肉体的爱欲，有时会导致一个人变得懦弱，或者导致一个人只耽于享乐。但有两件事在安托万身上却表现得很平衡，而且相得益彰，那就是工作和他的性格。他的生活很有条理，很有章法，特别是很有针对性，那就是一切都同他的职业相关联。同时，他极强烈的性欲对他也是一件好事，可以帮助他从事自己的职业，即可以指导他作为一个医生不容忽视的一个方面，使他能够洞悉患者身体内部的机能。甚至他这种性欲可以在许多方面被他自觉地利用起来。因为安托万绝不是个完美无缺的人：他在品德上是有缺陷的。某种孤独的享乐形式并不能满足他的要求。

雅克和安托万可以帮助我们懂得世界上有两种类型的人，一种人在青年时便死去，另一种人则生下来便已成年。而成年人就有可能认为他们的稳定状态就是世上的规律，这时，不幸对他们来讲就是个错误。安托万似乎觉得，他所生活的那个社会可能是最好的地方，每个人都可以在那里的大学路上选择一个特别公馆住下，来从事其高尚的医生职业，并对生活中的美好事物殷勤致意。这便是他的局限性，起码在第一卷里是如此，从而导致他产生了相当多的令人不愉快的态度。他出生在那个资产阶级家庭，使他自小认为他周围的一切就是永恒的，因为他周围的一切都使他满意。这种信念甚至形成了他的本性，就好像他穿着蒂博家的儿子的紧身上衣一样那么平常。他的行为像一个有产者的富家子弟，后来竟发展到肉欲的冒险：他花钱买欢乐，并炫耀自己可以为所欲为的派头。

安托万不需要承诺生活，他只需发现，在这个世界上生活的不只他一个人就够了。简言之，按他的性格逻辑，他要走的路完全同雅克背道而驰。小说所蕴含的深刻道理便在这里显现出来。马丹·杜·加尔晓得，他们所了解的，其他人在现实环境中发现不了，只有在他们的本性同环境相碰撞时才能发现，于是他们仍然是他们。很自然地，是一位女性打破了安托万龟缩在里面的那个贝壳。真理只有通过肉体才能触及人的肉体。因此，他们的道路仍然是不可预知的。这条道路便叫作拉舍尔，她同安托万结合的那段插曲是《蒂博一家》中最精彩的片段之一。安托万和拉舍尔的爱情，同诸多文学作品中的爱情相反，从没有被安置在花前月下情意绵绵。但至少使读者心中充满了一种隐约的欢快，一种对这个世界的感激之情，因为在这个世界上允许这样的事情存在。拉舍尔的物欲，照亮了蒂博一家，直到她临终之前，安托万一直都同她在一起。安托万在拉舍尔身上发现的不是他惯常所见到的对金钱的崇拜和一个屈辱的灵魂。她赞赏安托万这是肯定的，却不屈从于他。她感受过也追逐过人生，在他面前她也有自己的秘密，却从不改变自我。她一直爱着安托万，她说："我就是这样。"他也接受这样一个现实的存在，认为这种存在方式是美好的，是别具风味的。他们两人相处这件事，便已把他们放在了一个平等的地位。在一个夏季的暴风雨之夜，安托万在给一位小姑娘做急救手术，拉舍尔神情严肃地为他举着一盏灯，安托万发现，对自己医生职业给予帮助的就是唯一站在他身边的这个人。随后，两个人都筋疲力尽，便一起睡着了。当安托万醒来时，感到身旁有一种温暖的气息，原来拉舍尔正偎依在他身上，已经入睡了。不久，他们便成了一对恋人。其实，他们已经是一对恋人了。他们在紧紧地依傍中，给对方注入了更加伟大的生命力。自那时起，安托万便怀着感激的心情高兴地退步抽身了。两兄弟在经过长达数年之久的分别之后，雅克在洛桑[1]见到他哥哥时，发现他"变了"，没承想，一百个传教士做不到的事，由一位女性来完成了。然而这位女性并非属于安托万认为唯一的和永恒的那个世界，她属于那种历来都居无定所、到处迁徙的放牧族。在她身边，人们体会到的气氛叫作自由。不错，是声色之乐的自由，在其中安托万第一次发现存在于差别之中的那种平等，此乃肉体和精神的最高梦想。同时这也是拉舍尔与之和平相处的那些偏见的心灵的自由。对这些偏见，她自己一无所知，并且以她自己的存在，不动声

---

1 洛桑，瑞士的一个城市。——译者注

色地予以否认。就这样，安托万在她身边就单纯得多了，并且发现了她性格中唯一有价值的东西：她的宽宏大度，她的生命力以及欣赏力。他并没有变得更好，只不过完成了一件事，即在他身外，同时又在距他最近的地方，很愉快看清楚了一个人，而这个人也看清楚了他，并向他致意。有一些真理可以说是至理名言，它可以这样归纳：男人的真理是他觉得有权按照自己的样子做人，同时他还要解放他全心全意爱着的那个人。

在他们分别了很久之后，这条真理仍然使安托万动情。"他放声大笑，显得年轻又好动。这些，他已压抑了那么长的时间了，却让拉舍尔一下子把它们永远给释放了出来。"不错，他们确实是分手了，在一个雾雨连天的夜晚，互相没有再看一眼，显然，他们的故事是短暂的。拉舍尔抱着一种虚幻的追求回到非洲，想找到一个能支配她的神秘男人（其理由是，那个地方有点儿浪漫色彩）。实际上，她是在走向死亡，和死亡做伴，这个活着的人有了一个天生的同谋者。但她是在帮助安托万成长，甚至是在帮助他更好地死去，因为他愈是向她接近，便愈接近死亡。他在记事本上为雅克的儿子这样写道："不要瞧不起你安托万叔叔……他那种可怜的经历，不管怎么说，在他可怜的生命中还是比较出色的。""可怜"这个词，在这里是有些过分了，但那是一位即将死去的人带着自怜的心情写下来的。安托万的爱情生活可能并不那么丰富多彩，但在这个方面，拉舍尔却是件精美的礼物，是一个能使人获得财富却不承担义务的礼物。

自由和谦逊，这两件东西是拉舍尔在安托万身上唤醒的品质。生活是糟糕的，它有时就像在说安托万："他好像在同一个极端乐观的人对话，这个顽固家伙，他愚蠢地感到很乐观，这个人就是他，就是日常生活中的安托万。"就是这个安托万，他就靠同拉舍尔的结合活在世上。他知道生命是美好的，但也可能随时就会灰飞烟灭。因此，必要时生命也可以说谎，并且要耐心地等待着生命为这个信心做辩护，就像它在大多数情况下所做的那样。但在他身上，由拉舍尔唤醒的一种忧虑又为这种确信赋予了人性，于是，安托万此时便承认了别人的存在，也明白了比如在爱情上，享受其乐趣的并非仅是单方面的一个人。这便是走向众人的一条路，很实在的一条路，这条路使人明白，在历史的发展中，经受考验的并非只有他一人。法兰西也加入了战争行列。雅克反对战争，并最终死于反战活动中。安托万尽管不喜欢战争，但他还是参战了，后来他也死于战争。他离开了他那声名卓著、事业兴旺的行医生涯，离开了装饰一新的特别公馆。他的行军背包磨坏了新漆的油漆。不错，油漆是损坏了，天花板和墙裙均已剥落。他明白，他永远也不会再找到他放弃的那个世界了。但他却把主要的留了下来，那便是他的医生职业。他可以在战争中行医，甚至像他说的那样，可以为革命事业而行医。在那个日益荒唐的历史时期中，安托万算是自由了，他抛弃了原来的一切，却没有抛弃原来的自己。他已然懂得了判断战争：作为一个医生，他从伤员身上和众人的情绪中了解战况。他中了瓦斯气，人已然虚弱无力，这都注定了他的死亡，他对那个旧世界了无遗憾。在《尾声》中，他担心两件事，一件是人类的前途，一件便是雅克的儿子让·保罗。至于他自己，除了回忆之外，已一无所有。那回忆是对拉舍尔的回忆，这些回忆曾经构成了他生存的学问，而自这时起，又能帮助他死去。

《蒂博一家》以那位患病医生的日记和主人公的死去而告终。一个社会也将和他一起死去，我们须明白的是，通过一种宽容大度的个人行为，能够把其本身从一个旧世界过渡到新世界的究竟是什么。历史的大潮已覆盖了世界各个大陆和人民，然后它又剧烈地退下，余生者便能看出其中缺了些什么，什么东西可以继续下去。安托万在第一次世界大战后活了下来，把他能够从灾难中拯救出来的都留给了让·保罗，亦即说留给了我们。这也正是人的可贵之处。自安托万从他的老师菲力浦的目光中看出了谴责的意味后，直到他最后孤独的处境，他的人格力量就开始不断地增长，但那却是随着他逐个地认识到自己以往的疑虑和弱点时才发生了这种变化。一个小小的医生，现在对能够发现自己的无知甚感满意。"我对自己，对世界了解得尚少，却被判了死刑。"他知道，纯粹的个人主义是行不通的。因为青春力量的那种利己主义的轰轰烈烈的事业并非生命的全部。每小时有三个人出生，也有同样数目的人死去，一种不可估计的力量，把每个个体的人卷入生殖繁衍的波涛之中，并把他抛进永远填不满的死亡之海中，倘若不承认自己的局限，并尽力把对自己和别人的义务结合起来，他还能做什么呢？再说，他这也是孤注一掷了，在这方面，安托万给我印象最深的，是他死前所写下来的那句话："我从前只不过是平庸之辈罢了。"在某种意义上说，这是事实，按同样标准衡量，雅克则是一个例外。但正是这个平庸之辈，他赋予了整部作品以力量，揭示了它内在的深意。

对这样一位默默工作着的创作者，他不加任何个人评论，却为我们创造出两个如此不同又如此令人肃然起敬的人物，我们对他该做何想法？

由于我想谈的是马丹·杜·加尔作品的现实意义，因此我还须指出，他那时的疑惑，仍然是我们的疑惑。随着蒂博这一家人对历史的反省而来的，便是我们大家都可以理解的问题。《1914 年之夏》这本书的出版，正是战争升级之时，它向我们讲述了在世界未来前途的关键时刻社会主义的失败，同时还向我们展示了作家在这方面产生的疑虑。但马丹·杜·加尔仍然保持着清醒的头脑。大家知道，《1914年之夏》出版于1936年，在《父亲之死》（1929年）之后，在这样长的一段时间内，马丹·杜·加尔对自己的这部作品进行了一次真正的革命。他放弃了原始的写作方案，为小说《蒂博一家》设计了另一种结局。按第一方案，这本书要长达三十余卷，第二方案把《蒂博一家》缩短到十一卷。当时马丹·杜·加尔毫不犹豫地抛弃了继《父亲之死》之后，已经写成的《起航》那卷的手稿，这卷手稿曾花去了他两年的时间。自1931年他放弃这卷手稿起，到1933年他确定了一个新的方案止，便开始了《1914年之夏》的写作。这中间有两年的时间在杂乱无章的日子中过去了。这些我们在该书的结构中也可以感觉到。就像在经过一段很长的停顿之后，机器的运转在开始阶段是困难的，《蒂博一家》到第二卷才走上轨道。但我觉得这也能在他新的视点中体现得出来。这部巨幅历史画卷，始于希特勒上台时期，其时第二次世界大战已然使人感到有一触即发之势，这时，人们预想的这一鸿篇巨制所遇到的矛盾和冲突应该不再重现了，却又几乎被它自身所否定。《年老的法兰西》写作时间正是在《蒂博一家》被否定的那几年里，在这本书中，那位小学教师已然提出了一个使人战栗的问题："何以世界会是这样？难道这是社会的过错？……难道这不是人的过错吗？"同样的问题，也在困惑着雅克，特别是对他的革命信仰冲击得尤甚，正如面对历史的演变，它对安托万的绝大部分态度做了注脚一般。我们也可以设想，这些问题始终困扰着我们的这位作家。

在社会活动的诸多矛盾中，没有一个不在《1914年之夏》中被那些可能有过多的关于意识形态的对话体现出来。其中主要的矛盾便是暴力为正义事业服务的问题。这个问题曾在雅克和米托埃格两人的谈话中详细地讨论过几次。那位瑜伽信奉者和特派员的著名论断已被马丹·杜·加尔所利用。

为更进一步深化处理革命的虚无主义，其面貌在梅耐斯太尔这个人物上，已经被孤立了。此人认为，在以人代替了神之后，无神论还应走得更远，应该把人也予以取消。在由谁来代替人的问题上，其回答是："没有任何东西。"英国人帕特逊这样形容梅耐斯太尔："是一个什么都不相信的绝望者。"同所有以虚无主义态度走向革命的人一样，梅耐斯太尔执行的政策是最糟糕的政策。他毫不犹豫地把雅克从柏林带来的秘密文件一把火烧掉，而这些文件却是普鲁士军队和奥地利军队参谋部共谋的有力证据。如果把这些文件公布出来，就有可能改变德国社会民主党的态度，从而便可能打退被梅耐斯太尔认为搞乱社会"最好的王牌"的那次战争。

这些例子足以说明，马丹·杜·加尔的社会主义绝不那么天真，他还不至于相信，在一天早晨尽善尽美的世界会在历史上出现。如果他不相信，那么他的疑惑也就是《年老的法兰西》里那位小学女教师的疑惑，这个疑惑触及人的本性。"他对人类的怜悯是无限的，他向人类奉献了全部的爱心，但那却无济于事，等于白费力气，他仍然对人的道德情操持怀疑态度。"不管怎么说，这种根本性的疑惑却依然掩藏在爱心之下，并使他心灵的颤动变得最为温和。这种坦白的陈述打动了我们，因为这实际上也是我们自己的思想。做人能离开态度暧昧，必须坚持这种做法，以便可以避免历史真正动乱的冲击。在这方面，安托万给让·保罗留下一个双重性的劝告。一个是对待自由要谨慎小心，应该把它看作自己的义务，"不要让自己锋芒毕露，在黑暗中一个人摸索前进并非一件见不得人的坏事，相反地，它是件好事"。另一个是，轻信则有风险：始终向前走，同大家一起，沿着同一条路，在黑暗中随着人群走，几个世纪以来，大家都是这样蹒跚着前进的，都是这样走向那个不可预见的未来的。

由此我们可以看出，他向别人提供的劝告没有一条是肯定的。但这部作品却也向我们表达了勇气和与众不同的信仰。像安托万所做的那样，超越犹豫和不顾灾难地在冒险活动中孤注一掷，最终又回到对可怕的不可替代的生活的赞扬上来。蒂博一家人对生活狂热的眷恋就是这种精神，它贯穿于整个作品中。父亲蒂博对待自己的日暮穷途是如此态度，他以自己的方式对自己行将死亡的拒绝，是一个典型，他出人意料的复活，他同死亡斗争的方式等，无一不是如此。在这里怎么会不令人想到卡拉马佐夫式的对生存和享受的爱呢？用季米特里 [1] 悲观的话说就是"我太爱生活了，简直爱到厌恶的地步"。但生活并非那么高雅，季米特里也非常明白这一点。但为了避免毁灭而采取各种办法所进行的伟大斗争，构成了历史的事实，也是它进步的动力，这也是他思想和作品的一个现实。而这部著作正是诞生于力拒死亡，并与之斗争的那些著作中的一部。这种对死亡的极力排斥，这种对众生、对世界无比的眷恋，解释了马丹·杜·加尔所有作品中的粗暴和温情。由于肩负着对肉欲屈辱和享受的重压，他们不得不附着于他们出生的那种生活中。但一个巨大的宽容通过他们的残酷的现实，使他们改变面貌并减轻了他们的压力。安托万写道："一个人的生命始终比自己知道的要宽广。"一个生命，尽管它很低贱也很平庸，但在某个隐藏的角落里总有理解它和宽容它的东西。在这样一部伟大的历史画幅的众

1　季米特里（1651—1709），乌克兰作家。——译者注

多人物中，即使他们是虚伪的资产阶级或者是资产阶级基督教分子，哪怕他们的形象是最阴暗的，但也没有一个未能表现出他们的慈善来，哪怕只在一瞬间。可能在马丹·杜·加尔的心目中，唯一的罪过就是排斥生活和谴责众生。人的价值不在于是否能讲出多么动听的语言和占有多大的秘密，乃在于他善于判断并能够宽恕。这里面便蕴藏着艺术的深奥的秘密，而这又是任何宣传手段和仇恨心理所无法利用的东西。同所有真正的创造者一样，马丹·杜·加尔对他笔下的所有人物都抱有宽恕心怀。一个真正的艺术家，尽管他的生命首先是斗争和战斗，但他却没有敌人。

这部作品决定性的词汇，对一个作家来说，自托尔斯泰去世以后就很难写出来了，那就是仁慈。必须说明的是，这种仁慈并非起掩人耳目作用的那种"仁慈"，那种仁慈下面掩藏着冒牌的艺术家，在世人眼中是如此，同时它也向那些假艺术家们掩盖了真正的世界。马丹·杜·加尔界定的某种资产阶级的仁慈乃一种特殊而明智的品德，它能够宽恕好人身上的弱点，也能以其宽容的度量原谅坏人。这两种人同样归属于那种痛苦的并且有希望的人性。就这样，当雅克经过几年的出走回到家里之后，他行将死去的父亲非常激动，他自己面对着这样一个已病入膏肓的身体，这个从前在他眼里是压迫的象征的躯体，使他惊得手足无措："突然，这个汗水淋漓的人把他惊呆了，以致在他身上引起了一种意想不到的反应——一种本能的激动，一种原始的情感，这种情感大大超越了怜悯或怜爱，是一种人对人的利己主义的温情。"这样的描写，是一种艺术手法的真正体现，它没有同任何事情相脱离，它超越了一个人和一个时代的矛盾，使人能在冥冥中体会它的内涵、痛苦、斗争和死亡，其共性是存在的。只有这种共性，才产生了欢乐和和解的共同性的希望。凡接受这种共性者，便会从中发现一种崇高的品德，一种忠诚，一种理智，他们可以接受他的疑虑，如果他是个艺术家，这也便是他艺术的深远源泉。人在这混乱和痛苦的一瞬间明白了，他应该一个人独自死去是错误的，应该所有的人和他同时去死，死于同样强烈的激荡中。在这个时候怎么能把一个人同大家分开？怎么会从此永远拒绝他这样高贵的生命，即使艺术家基于宽恕，人们基于正义就能够重新使他复活吗？在这里便存在着我曾经说过的现实的奥秘。但这却是唯一有价值的现实，即日常生活的现实，它把马丹·杜·加尔造就成一个宽恕而怀有正义感的人，一个我们永恒的同龄人。

关于让·格勒尼埃的《岛》

当时我年方二十，在阿尔及尔第一次读到这本书。它给我的震动，对我的影响，以及对我许多朋友的影响，同《人间食粮》对我们那一代人的冲击是相同的。但我们从《岛》中所得到的启示却是另一种范畴的。它使我们既赞扬、激动，又感到困惑。实际上，我们不需要从精神的绳索中解脱出来，也不需要为大地上的果实唱赞歌，它们就悬在树上，伸手可及，只需张口吃就是了。

当然，在我们当中有些人，悲惨和痛苦还是存在的，我们却干脆以我们青年人的热血，硬是不予理睬。我们觉得世界的现实，只存在于它的美中，只存

让·格勒尼埃 | 1898—1971

在于它施与的欢乐之中。于是，我便生活在自我感觉中，生活在现实世界的表面上，置身于色彩斑斓的花丛、海浪和大地的芳香之中。因此，《人间食粮》到来得是太过晚了，以及它们幸福的请柬也都姗姗来迟。我们放肆地自吹是幸福的人。相反地，我们应该稍微绕开一些我们所向往的那些东西，以便摆脱我们那种自以为是的粗俗态度。当然，如果那些阴沉的说教者在我们的海滩上散步，并向那里的人和使我们高兴的事情骂上一句，那么我们的反应肯定是粗暴的或者是讽刺挖苦的。我们需要更为机敏的教师，比如有那么一个人，他出生在大海的对岸，他也同我们一样喜欢阳光，喜欢明媚的景色，由他来以一种难以描摹的语言向我们言说，所有这一切表面的事情都是美好的，但它们终究会消逝，因此必须以惋惜的心情来爱护它们。于是这对任何年龄都是伟大的主题，便立刻会像一件令人震惊的新鲜事物一样被我们记住。大海，阳光，各种面孔，同我们之间立刻便有了一个无形的堤坝，把我们同这一切隔开了，而且离我们愈来愈远，并且不断地使我们感到害怕。《岛》这本书就是如此，它使我们醒悟过来，使我们发现了世界上还有文化。

的确，这本书它并不否认感情世界，这个世界是我们的王国，但它也向我们提供了另一个世界，它解释了我们年轻人的忧虑。我们过去盲目存在的所有的激情，所有的对事物的肯定，都是《岛》这本书中最美的篇幅中的一部分。格勒尼埃向我们讲述了它们那些使人不可忘却的情趣，但同时也向我们指出了它们转瞬即逝的本质。同样，也使我们明白了我们那种骤然出现的伤感是什么原因。一个人在贫瘠的土地上、阴沉的天底下，从事着沉重的体力劳动，他会幻想着一片肥沃的土地，在那里，天空是晴朗的，面包是香甜的，这是他的向往。但那些生活在阳光明媚、山川秀丽的地方的人，也就无所求了。他们想象的就是另外的东西了。因此，北方人[1]就总想离开地中海海岸，或者想到阳光充足的沙漠里去，但在阳光充足的地方的人呢，他们能到哪里去？除非有那么一个看不见的

---

1 此指阿尔及利亚北部的居民。——译者注

地方，否则便没有地方可去了。格勒尼埃所描写的旅游，便是想象的旅游，看不见的旅游，是想象中从一个岛屿到另一个岛屿的旅游，正如麦尔维尔[1]通过另外的手法，在《星期二》中所想象的那种岛屿一样。在这些岛屿上，动物自由自在、自生自灭，人类也自由自在、自生自灭。港口在哪儿？这就是贯穿全书的一个大问号。这个问题只能找到一个间接的回答。格勒尼埃同麦尔维尔一样，以对绝对和虚幻的深思结束了他的旅行。在谈到印度时，他曾提起过港口的事，却叫不出名字，也说不清地点，只知道是在另一个岛上，却永远是在遥远的、荒僻的地方。

此外，对成长在传统宗教之外的一个青年人来说，要想探索或接近这样一个境地，只有用深深思考的办法。就我个人来说，我那时并非不信神灵，诸如太阳、夜间、大海等，我都奉为神灵，但这些都是享乐之神，它们充斥于我的周围，但随后也便一无所

1　麦尔维尔（1819—1891），美国作家，《白鲸》的作者。——译者注

有。我处于这样一个唯一的圈子内，一旦高兴起来也便把它们忘到脑后了。因此，必须有人传授我什么是神秘现象，什么是神圣的事情，是谁制造了人类，以及什么是行不通的爱，以便使我有一天能少一些傲慢态度，回到我那些自然的神灵身边。因此，我并不感谢他什么也不管，并且什么也不顾地向我提供这方面情况的坚决态度，反之倒是得益于他的那种带有犹豫不决色彩的态度。那种贯穿于《岛》全书的小心翼翼、胆战心惊的心情，自我读到它的第一天起，我就非常欣赏并想模仿它。

"我非常想独自一人到那么一个外国的城市，就我自己，而且身上一无所有。我在那里过着简陋的，甚至是悲惨的生活，但我却保守着秘密。"这段话就似音乐般使我陶醉，晚上，当我走在阿尔及尔的大街上时，便常常背诵这些话。我当时觉得自己似乎踏上了一片全新的土地，觉得我终于发现了一个四周围以高墙的花园，又好像经常围绕着我那座城市在走动，并且能嗅到一种看不见的忍冬花的香气，这就是我在无聊中所梦想的一切。但我并没有搞错，一座花园真的向我敞开了，里面的事情丰富多彩，这便是我所发现的艺术。有某种东西，某个人，在我身体内涌动，并且想开口讲话。这种新奇的现象，有时在读完一本简单的读物或者是一段对话之后，便在一个年轻人身上出现。有时一个句子在打开的书本上跳了出来，一句话便在房间里回响着，并且突然间围绕着这句话，或者准确地说围绕着这个音符，所有的矛盾和对立便都有了解决的头绪，杂乱无章的思绪就此结束。与此同时，甚至在此之前，作为对这种精美语言的回答，一首带点儿羞怯的歌曲，相当笨拙地在那个默默无闻的人的口中唱了出来。

在我发现了《岛》这本书的那些时间里，我觉得自己已经萌发了写作的冲动。但在读完这本书后，我还没下决心要动笔写作。另外一些书也促进了我的这种决心，一旦把它们读完，也就忘却了。唯独这本书，在我读完它之后的二十余年中，它始终留在我心中。时至今日，依然如此。每当我想写些什么，或想说些什么时，《岛》这本书上的句子，或者作者在其他书上的句子，就会像我自己的句子一样顺手写出。对此我并不感到懊恼，相反地，我倒很为自己庆幸，我觉得我比别人更需要感谢他，更需要有这样一位老师，并且还要继续热爱他，赞扬他，用我自己的作品。

因为这确是一种幸运，而不是一种力量，在一生中能这样心甘情愿地佩服一个人是不容易的。然而老师这个词还有另一种含义，在尊敬和感激这两种意义上，它同门徒是相对立的。它已不再同良心的斗争有关系了，它已成了彼此间的一种对话，这种对话一旦开始，便永不止息，并充满在某些生活领域。这种漫长的对话，既不强迫，又不限制，也不使人服从，只能是一种模仿。最终，当门徒离开老师并在他自己不同的事业中取得成就时，老师便感到高兴。而门徒呢，当他知道自己对老师无以为报时，他便始终怀念着向老师学艺的那一段时间。就这样，思想孕育了思想，并一代代传下去，而人类的历史同建立在仇恨上一样，幸运地建立在互相赞扬中。

然而，格勒尼埃不用这种口气讲话。他宁可向我们讲一只猫已死去，讲一个屠夫生了病，讲花香，讲以往的岁月等。在这本书中，没有任何事情被确确实实地讲述出来。一切都以一种不可比拟的力量和不可比拟的轻淡暗示出来。那种清婉流畅的语言，既准确又朦胧，像音乐一般明快。它在流淌着，尽管轻而快，但其回声却久久回荡在耳际。如果说有同他相近的，就只能说夏多布里昂和巴莱士，他们从法语中吸取了声音的音韵。此外无须再论其他！而格勒尼埃的新颖之处又超越了他们。他使用的一眼便可看出，是毫不矫揉造作的语言，只向我们讲述了他简单而亲切的经历，然后让我们再予以表达，每一段都使我们满意。只有在这种情况下，艺术才成了一件礼物，却不强加于人。我本人从这本书中受益良多，我了解这份礼物的分量，也承认我欠了他的债。一个人在一生中从他那里得到的巨大启示是很少的，通常只有一两种，但它们却能使你改变面貌，恰似你走了好运。对于热爱生活并热爱学习的人，只要他翻翻这本书，就会得到类似的启发。《人间食粮》出版二十年后才在广大读者中产生了轰动效应。一批新的读者对这本书也将会有这样的反应，我想这该是时候了。我愿意加入这批读者群的行列，并且也愿意重温那天晚上在阿尔及尔大街的情景。那天，我打开这本小书才读了几行，便合上书，把它抱在怀里，匆匆跑回房间，一个人贪婪地读了起来。如果我能够这样说的话，那么我要说，对今天那些我所不认识的青年朋友，我嫉妒却不感到痛苦，嫉妒他们第一次读《岛》这本书……

勒内·夏尔[1]

对一位像勒内·夏尔这样的诗人，仅用几页的文字是不足以对其做出全面评价的，但至少可以给他定位。只看他的某些作品，也便足以值得我们向他表示敬意。非常高兴能借为我所偏爱的这些诗篇用德文出版之机讲几句话。我认为勒内·夏尔是自《灵感》和《醉舟》[2]发表以来，法国诗坛上我们最伟大的、现尚在人世的，而且是"疯狂和神秘"的诗人。

1　这是为 1959 年勒内·夏尔德文版诗集写的序言。——原书注（凡正文后续部分中的注释内容未另行标注来源的均系原书注）

2　《灵感》(一译作《灵光篇》) 和《醉舟》是法国诗人兰波的作品。——译者注

勒内·夏尔 | 1907—1988

夏尔的新颖，令人为之目眩。无疑，他是经历了超现实主义的，但与其说他是借鉴了超现实主义，倒不如说是他补充了它。他在观察阶段，一个人迈着坚定的脚步向前走。自从《孤独的逗留者们》发表以后，一小部分诗作便使得我们的诗坛上刮起了一股清新的自由之风。在我们的诗人们一开始专事致力于制造那些"空灵的小摆设"的许多年之后，我们的诗人们便孜孜不倦地吹奏起铜管乐，于是诗便成了一堆有益于健康的木柴。它燃起了熊熊烈火，诗坛上这一片燎原烈火，刮起了阵阵熏风，并肥沃了大地。我们终于感到宽慰了。自然界的神秘现象，连天的大水、阳光等等，闯入了诗人们醉心于与世隔绝、只听听外面回声的那个小天地，于是便出现了诗的革命。

　　但如果这种诗作的新颖性、它的灵感只停留在这个陈旧的观念上，我却不怎么欣赏。于是夏尔便理所当然地提出恢复前苏格拉底时希腊悲剧式的乐观主义。被夏尔称作"眼里充满泪水的智慧"的那种诗作又复活了，它们在我们处于灾难的时期复活了。

　　不管是新的还是旧的，这种诗都非常精练和淳朴。无论描写的是白天还是夜晚，这些诗都有同样的激情。在光天化日下，夏尔出现了。大家知道，太阳有时也是阴暗的。在两点钟时，大地奇热无比，一阵黑色的风便使它恢复了清凉。同样，每当夏尔的诗显得阴暗时，那是因为一种高度集中的形象，一种强烈的光线使他的诗远离了那种抽象的透明度，而这种透明度却是我们最经常的要求，因为它不需我们费力便可看得懂。但与此同时，正如在一个阳光明媚的大平原上一样，这个黑点却在周围形成了大片阳光灿烂的海滩，在这片海滩上各种面孔均暴露无遗。例如在《粉碎的诗篇》中，有那么一个神秘的家庭，在这个家庭周围，竟出现了那么多热情的形象。

因此，这首诗便大受我们欢迎。我们在晦暗中前行，天上那道固定的、圆圆的光线，对我们丝毫不起作用。这道光线可能有些忧伤，有些无助的忧伤。相反地，在夏尔写给我们的那些奇特又严谨的诗中，夜色是光明的，我们又可以向前走了。这位全天候的诗人，他所讲的也正是我们所讲的。他处于激烈争论的中心，他向我们的不幸提出的格言也正如向我们的再生所提出的一样："如果我们居于闪光中，它便是永恒的心脏。"

夏尔的诗便恰是居于这种闪光之中，而且也绝不只是引申意义。一般人和艺术家以同样的步伐前进，昨天他们同在反对希特勒的极权主义斗争中经受了考验，今天仍然在揭露分裂我们世界的、形式相反却与希特勒极权主义性质相同的斗争中经受考验。在共同的战斗中，夏尔接受的是牺牲而不是享乐。"要向前跃进，而不是参加宴会，这是他的结束语。"作为一个反抗的和自由的诗人，他从不献媚，也从不随大流，按他的说法，是随心所欲地反抗。这种反抗有两种形式，一种是首先把一种具有强制性的向往掩藏起来，而第二种呢，则是极力要求营造一种自由的环境，按夏尔那句生动的话说就是，面包将会恢复其原味。夏尔十分清楚，要想使面包恢复其原味，那首先要使它回到自己的位置上去，要把它置于各种"主义"之上。这位反抗者就这样逃脱了许许多多反抗者们的那种命运，他们最终不是当了警察便是成了同谋者。对那些被他称之为替刽子手磨刀的人，他必将挺身而出和他们斗争。他不要监狱的面包，对他来说，直到最后，流浪汉的面包，其味道也会比检察官的好。

于是我们也便明白了，何以这位暴动者的诗人对那些具有爱心的人从来没有任何伤害。相反地，他的诗却把它柔嫩而新鲜的根须深深地植于他们之中。他整个精神的和艺术的观点都在《粉碎的诗篇》中自豪地用这样的句子归纳出来："你只为爱而弯腰。"因为对他来说，也确实存在着弯腰屈从的问题，而贯穿他整个作品的爱，既有其阳刚之气，更具有脉脉温情。

这就是为什么夏尔同我们大家一样，在同这个最错综复杂的历史搏斗时，他没有害怕过被卷进去，也从不畏惧对美丽的赞颂，对恰恰是历史所赋予我们极端渴望的那种美的赞颂。而他那部出色的《伊普诺斯诗稿》中出现的美，像一把耐火的利剑，灼热、通红，似经受了奇异的洗礼，通体发出火焰。我们了解那是什么，那不是艺术学院里苍白的女神，而是我们时代的朋友、恋人和伙伴。这就是充满战斗精神的诗人，他敢于向我们高呼："在我们这黑暗的时代里，没有美的一个位置，所有的位置都是美的容身之地。"
自这时起，面对他那个时代的虚无主义，并在反对一切否定主义的斗争中，夏尔的每一首诗，都为我们标出了一条希望之路。

对今天的一位诗人，我们还要求他什么呢？在我们那些拆除的城堡中间，由于一种奥秘和宏大的艺术功效，女性留下了，和平和来之不易的自由也留下了。在战斗中，我们懂得了，这些重新获得的财富，是唯一能说明我们何以战斗的佐证。尽管他并非想那样做，但仅为了不排斥他那个时代的一切，他所做的远比向我们解释的要多：他也还是我们明天的诗人。尽管他是孤独的，但他却专注地置身于这种伟大的兄弟般的热情中，在这当中，人类收获了他们最美好的果实。我们应该相信，我们今后所要求的，也正是这种具有预见性的作品。它们是真理的使者，是已经丢失的、但今后我们却日益向它走去的那个真理的使者，尽管在漫长的时间内，除了我们对它说，它是我们的祖国，并且我们已被流放到离它遥远的地方受苦，除此之外，我们对它什么也不能说。然而语言已经形成，光明也已显露，祖国总有一天会接受它的名字，一位今天的诗人，也要堂堂正正地把它喊出，并且为了为现在辩护，他已经在向我们召唤说，它正在"躲藏着，并在普通星体中间喃喃自语"。

Ⅱ 关于断头台的思考

阿尔贝·加缪 | 1913—1960

关于断头台的思考

在 1914 年战争之前不久，一个杀人犯在阿尔及尔被判死刑，其犯罪事实特别使人愤慨（他杀了一个农民的全家，包括他们的几个孩子）。此人是一个农业工人，他是在一种极度狂热中行凶杀人的，尤其严重的是，在杀人之后又把钱财全部掠走。此事引起了极大反响。普遍的看法认为，对于这样一个杀人犯，判杀头罪，那量刑是太轻了。有人对我说，我父亲的意见是，杀害儿童这件事，特别令人气愤。关于他老人家，据我所知，他竟然要去行刑现场亲眼看一看，这是他有生以来的第一次。为了及时赶到刑场，他在夜间便起床和一群前去观看的群众一起跑到城市的另一头。那天早晨他看到的情形却对谁都没讲，只听我母亲说，看完行刑之后，他便飞快地赶回家来，只见他形容异常，什么也不讲便到床上躺了下来。不一会儿，就见他突然大呕。他刚刚才目睹了那个现实的场面，而这种场面一向都掩饰在抽象的套话之下。他看过这个场面之后，不但不去想那些被杀的孩子，反而怎么也控制不住总是去想砍下头颅后被扔在断头台木板上的那副扭动着的身躯。

确实，为了平息老实而正直的人们心头的愤怒，这种惯常的做法也着实十分可怕。而这种刑罚，在正直人的眼里再加重一百倍也不为过，然而其结果却是另一种效应，反倒使人们心神不定。当公正以其最高的形式出现，并被认为是保护人民时，其效果仅仅是使老实人呕吐，所以恐怕很难认为，它会给当地人民带来安宁和秩序，也很难认为这就是它应尽的职责。相反地，它令人厌恶的程度不会比犯罪更差，这另一种形式的杀害反倒会在前一种形式的杀害上加上新的血污，也更谈不上对社会这个大躯体的损害给以补偿了。这种行刑场面是那么真切，竟使得没有任何人敢于直接描述它。政府官员和记者们，有讲述这种事的责任，好像他们已然很熟悉这种场面的情景一般，一面耸人听闻，一面表示出了这事很不光彩，因而就形成了一套惯用的术语，从而使他们的话就不那么触目惊心了。于是我们便在吃早饭时，在当天报纸的一角上读到这样的话：犯人"终于偿还了他欠社会的债务"，或者他"已付出了代价"，或者"今晨五时，犯人已明正典刑"。而政府官员则对判刑者习惯用"当事人"或"受刑者"这些称呼，或者用缩写字母C.A.M.[1] 代替。对处以死刑者，在报道中则小心翼翼，不敢大声张扬。在我们这个十分文明的社会中，如果有人得了某种疾病，并且十分严重，则别人从不敢直接提起这种疾病。这种情形已是由来已久。在资产阶级家庭中，他们只这样说：大女儿肺有点弱；或者父亲身上有一个"肿块"。因为大家都认为得了肺结核或者得了癌症有点不太光彩。这正如被判了死刑一样，大家都力图换一种婉转的说法。死刑出现在政治

---

1 C.A.M.，查无出处，疑为法文"死刑犯人"之缩写。——译者注

肌体上，而癌症则出现在个人的肌体上。尽管这两种区别不大，却从没有人会谈论得癌症的必要性。相反地，大家在谈论到死刑时就绝不吞吞吐吐，一致的看法则是，死刑是必要的，尽管令人遗憾。因为必要，大家便对其是否合理闭口不谈；因为它令人遗憾，于是干脆就不谈它了。

我的看法却恰好相反，对此应该大谈特谈。这也并非因为我爱发表议论，我想也不是我天性就有这种癖好。作为一个作家，我一直对某些阿谀奉承抱有反感；作为一个人，我认为在我们这种环境中，一些丑恶的现象，如果实在不可避免的话，也应该在沉默中同其对抗。但当这种沉默或者言语的把戏用滥了时，它就会走向反面，或者当人们从当时的痛苦中走出来时，就会不信这一套，那时唯一的解决办法，就只能是清清楚楚地把事情讲明白，并指出在辞藻外衣掩盖下诲淫诲盗的可耻把戏，此外别无他法。法兰西同西班牙和英国在铁幕的这一边共同享有现代国家的荣誉，但在其镇压手段的武器库中却依然保留着死刑。这种原始社会遗留下来的惯例之所以在我国能够存在下去，是公众舆论对此毫不在意，或者不闻不问的缘故。即使有所反映，也只不过是一些冠冕堂皇的颂扬之词。一旦想象枯竭，辞藻也便失去了它的意义，那时一个漫不经心的人对于死刑的判决也就变得漫不经心了。但是，你却显示出杀人的机器，你却使铁器和木器相撞，你却使人听到人头落地的声音。那时，公众的想象一下子复活了，它也便同时弃绝了辞藻和死刑。

当纳粹分子在波兰公开处决人质时，为不让这些人质发出反抗的呼声和喊出自由的口号，他们用绷带涂上石膏封住那些人质的嘴。我们把那些无辜受难者的命运同那些因犯罪而被判刑的人的命运相比，会感到有些不够庄重，但除了这些犯人不是在我国唯一被送上断头台的人之外，其做法是相同的。现在首先要说的并不是死刑乃是必要的，其次也不是该不该说出它的问题。相反地，是要说这种刑罚是不必要的。

至于我，我认为它不但不必要，从更深的意义上讲还是有害的。但在接触实质问题以前，还是暂时不解释我的这一信念为好。如果说我对这个问题经过了几周的调查和研究之后才得出了这个结论，那是不诚实的；如果说我的这一信念的产生，只是由于自己的一点温情，那同样也是不诚实的。相反地，我同人道主义者们所具有的那种软绵绵的同情心相距甚远，因为那种同情心把道德标准同责任感相混淆，把所有的犯罪等同起来，使无辜者最终失去了他们应有的权利。同当代许多著名人物相反，我不认为人从本性上说是一种社会动物，说实话我认为恰恰相反，人不能生活在社会之外，而社会的法律，对他的生存又十分必要，因此必须由社会依据不同的层次建立起各项责任制度。而法律是否正确，则要看它是否能在具体的时间和具体的地点对社会有利。若干年来，我在死刑这项法律中所见到的，只是给感官造成难以忍受的极大痛苦和使我理智极不赞成的一种惰性的混乱。我甚至都觉得感官所起的作用将要影响我的判断了。而实际上，在这几周以来，我甚至没有找到任何东西可以加强我的信念或可以改变我的推理。相反地，在我已经固化的观念上，又平添了一些其他的东西。时至今日，可以说我绝对赞成科埃斯特雷[1]的观点：死刑玷污了我们的社会，支持死刑者，为它找不到合理的辩护。在此无须举出他那些有力的说明，也无须举出各种事例和数字，这些东西也并无多大意义，我仅在此阐述一下自己的看法，它们可以更加深化科埃斯特雷的观点，这些意见同科埃斯特雷的观点一样，它们足以证明取消死刑刻不容缓。

大家都知道，主张死刑者们最大的一个理由就是杀一儆百。惩处罪犯，绝不是只砍下他颈上的人头便可了事，而是为了用一种极端手段对那些起而效仿者起到震慑作用。社会不实施报复，它仅做预防工作，它之所以用人头落地相威胁，是为了让那些想杀人犯罪者从中看到自己的下场，从而退步抽身。

如果我们不看到如下情况的话，上述理由还是很有说服力的。下述情况是：

1. 社会本身并不相信自己说的"杀一儆百"的

1　科埃斯特雷，英籍匈牙利作家，1905 年生于布达佩斯。——译者注

做法。

2. 尚未见有一例——那些决心以身试法者，因为有死刑的存在而退步抽身。而且很明显，即使死刑有震慑作用，但在那些成千上万的罪犯中却见不到什么效果。

3. 但在其他方面却产生了使人厌恶的作用，那后果却难以预料。首先说，社会并不相信像它自己所说的"杀一儆百"的话。如果它真的相信的话，它就会把砍下来的所有人头都拿出来展览了，它也会对此大做广告，甚至用来做开胃酒的新商标了。相反地，我们知道，在我国凡杀头都不在大庭广众之下实施，只是在监狱的院子里、在极少数专业人员的参与下施行。这样做出于何种原因我不太了解，也不知道始于何时。这种做法，其开始的时间距现在相对较近。最近一次公开行刑是1939年，即对魏德迈的行刑，他是数起谋杀案的案犯。对他的行刑，其做法相当时髦。在那天早晨，凡尔赛人群涌动，其中有许多人是摄影记者。在魏德迈出现在人群面前和在他被砍头之后，都被摄下许多照片。几个小时以后，《巴黎晚报》

就对这一脍炙人口的事件登出了整整一页的照片。老实的巴黎市民至此才晓得，行刑者操纵的那架精密度很高的机器，比起我们老祖宗使用的那种美洲豹式的断头台是那么不同。公务人员和政府当局同大家希望的相反，他们对这一出色的报道处理得很不好，叫喊说新闻媒体是有意讨好读者残忍的本性。于是从此便决定，以后凡处死犯人都不再在公开场合实施。从此，这一措施便大大地方便了繁忙的行政当局在行刑方面的工作。

关于这件事，其逻辑方式并非同立法者们相同，相反地，他们应该向《巴黎晚报》社长颁发一枚奖章，以鼓励他下一次干得更好些。而且如果当局希望这次行刑能成为一个样板的话，不但应该再增加照片的数量，而且应该在下午两点钟把那架杀人机器放在协和广场的断头台上，邀请全体市民前往参观，并且对未能前往者，还要进行现场转播，以便使之为大众所周知。要么就这么做，要么就对什么"以儆效尤"的话闭口不谈。晚上在监狱的院子里，偷偷摸摸地对犯人施刑，这怎么称得上"以儆效尤"呢？充其量也只不过能够定期地向公民们宣布，如果他们也杀了人的话，就会被判死刑。为了真正地达到"以儆效尤"的目的，那刑罚就需使人震慑。图尤·德·拉布弗里，他是 1791 年时的人民代表，是公开行刑的支持者，此人比较有逻辑头脑，他在国民议会上宣称："要想挡住老百姓，就必须有恐怖场面。"

而如今，根本就谈不上什么场面，只是大家道听途说，知道有这么一件事，某某人被处死了，时隔很久，才能在报纸上看到这条消息，但那语言又是轻描淡写的套话。因此未来的犯罪者，在其作案时头脑中怎么会有被千方百计淡化了的那种抽象的被惩罚的概念呢？如果真的想让他在头脑中始终保留这种惩罚的烙印，使他首先掂量一番，随后便打消那种疯狂的话，难道不应该通过各种手段，使用各种画面和语言来强调这种刑罚的严重性及其可怕的场面吗？

要想不使人模模糊糊地感到，在某一天早晨某人已然伏法受诛，难道不应该利用如此一个大好机会向那些犯罪者展示这样一个极有效的惩处场面，以使他们明白，等待着他们的是什么吗？

不错，一定要公开地杀，如果社会认为有必要杀一儆百而为死刑辩护，那么它也应该为此而公开宣传，并且还应该在每次执行完毕后，把死刑执行人的双手举起来，让那些过于敏感的公民们看一看，同时也让所有那些或远或近的使行刑存在的人看一看。否则它就应承认，它虽然在杀人，却不知道自己说了些什么和做了些什么，或者承认自己知道，这种做法远不能使公众舆论感到恐惧，反而激起犯罪者的作案之心，因而使社会处于混乱状态。法官法尔科先生就曾勇敢地坦陈："……在我的职业生涯中，只有一次做出反对减轻刑罚的判决。对被告执行死刑，我当时想，尽管我身为法官，我还是要沉着冷静地参加那次行刑。再说那个家伙也并非值得同情，他百般折磨他的幼女，最后竟把她扔在一口井里。但是在对他行刑之后，有好几个星期甚至有好几个月，每天夜里我都想着当时的情景……我和所有参加战争的人一样，看到了一些无辜的青年人死去。我应该说，看到这种令人心悸的场面，我从未同意过这种以行政手段杀人，却称之为'判处死刑'的做法。"[1]

但是，既然如此，明知这种"惩戒"不能阻止犯罪，而其效果——如果有效果的话，又使人难以看到，为什么社会上竟然同意这一做法呢？死刑判决，首先它并不能震慑那些尚不知自己将会杀人的人，因为那些人决定要杀人，是在一定的时间内形成的想法，而其杀人的准备是在一种狂热情绪支配下做的。其次对下面这种人也起不到震慑作用，即这种人将要向不忠于他的情人讨个说法，于是便手持武器威吓一下他那位情人或情敌。他这样做，实际上并非情愿，也不想去杀人。总之，死刑并不能对那些身处不幸中的已然在犯罪的人起震慑作用。可以说，在大多数情况下，它实际上并不起作用。当然也应该承认，在我国这种刑罚也并不多，但这种"不多"也足以使人战栗。

那么，这死刑的判决至少可以震慑那些犯罪团伙或者以犯罪为职业的人吧？事实上也并不然。我们可

---

1 见 1954 年第 105 期《现实》杂志。

以从科埃斯特雷的书中读到，在英国，当一个惯偷在刑场被处决时，人群中其他小偷照样施展他们偷窃的惯技，而这些人就是围在绞刑架下看这些小偷的同伴被吊起来的人。本世纪初（二十世纪），英国的一份调查资料显示，在二百五十名被处死的犯人中，有一百七十人生前都观看过一到两次处决犯人的场面。1886 年，在布里斯托尔监狱的一百六十七名被判死刑者中，有一百六十四人至少看过一次对死囚犯的行刑。这样的调查，在法国是不再能举行了，因为处死犯人要在秘密情况下执行。但他们可以考虑对我父亲做这种调查，在行刑的那天，有相当一大批未来的犯罪者并没有呕吐。震慑的效力只能施于没有犯罪的胆小者，而在不可救药的犯罪分子面前，它就显得软弱无力了。在本文中以及在其他专门著作中，我们还会看到在这方面有说服力的事实和数据。

然而也不能否认，人是怕死的，剥夺了一个人的生命也的确是一种极刑，应该在那些人中引起恐慌。死的恐惧出自人内心的最深处，并折磨着他。当生命受到威胁时，恐惧是其本能，并在极端恐慌中挣扎。

于是立法者便由此想到，他们制定的法律已然压在人类本性的一条最神秘、又最坚强的弹簧上。然而法律总是比人性简单，当这个法律试图支配本性而在人类的这个盲区历险时，它就可能会显得更加软弱无力，从而不足以解决它所要安排的事情的复杂性。

如果说对死亡的恐惧是不言而喻的，那么还有另外一种恐惧更强烈，尽管这种恐惧十分强烈，但它却从来未能吓退过人类之爱。巴贡的说法是对的，他说没有任何一种爱会软弱到不足以战胜和控制对死亡的恐惧。报仇雪恨、爱情、荣誉、痛苦、另外一种恐惧，都足以战胜死亡的恐惧。对人类的爱、对国家的爱、对自由的爱能够做到战胜死亡的恐惧，那么贪婪、仇恨、嫉妒何以会做不到？几个世纪以来，伴随死刑的常常是野蛮的文雅，它一直都努力同犯罪做斗争，然而犯罪却顽固地存在着。这是为什么？那是因为人类自身的本能在挣扎着。而这种本能并不是如法律那样，是一种经常处于平衡状态的力量。这种本能的力量经常变化，它有时消失，有时胜利，交替而行。这样反复的不平衡就给精神提供了生命的养料，如同电震荡一般，足够的接近便可形成电路。我们可以想象一下，这一系列的震荡，从有欲望到无欲望，从决心到放弃，就是通过这些震荡，我们大家在同一天内互相感受着这么多的变化，于是我们便在心理上产生了额外思想。这些不平衡是一种短暂的现象，因此便不足以形成一股能够支配整个客观存在的力量。但有时其中的一股心灵的力量挣脱了羁绊，它就可能占据一个人的意识领域，此时便没有任何本能（即使是生命的本能），能够反抗这种不可抵御的力量。在这种情况下，为使死刑真正起到震慑作用，人类的天性就必须各不相同，并且这种天性必须同法律同样稳定、同样客观。但如果真是这样的话，那么天性也就死去了。

天性不存在了，因此，尽管对那些在自己身上没有观察到、也没有体验到人类复杂性的人来说，这有些令人吃惊，但当凶手在杀人时，在大多数情况下，都没有意识到自己在犯罪。任何罪犯在审判之前都已完成了他的罪行。如果不是觉得自己有权利那么做，至少也认为当时的环境是造成他杀人的原因。他没有想过，也没有预料过。如果他想，那也是为了预料他的行为将完全或部分被宽恕。他怎么会对他认为极不可能的那种审判而害怕呢？他害怕的是审判以后的死刑，而不是在犯罪之前便害怕。因此，为使法律有震慑作用，就不能给杀人罪犯以任何机会，法律就应该在事前不容情，尤其不能因环境特殊而有所宽容。在我们这里谁敢要求这样做？如果有人这样做，那就必须以另一种有悖于人类天性的道理去考虑。如果生的本能是基本的，那么它也会成为经院心理学家所不谈的另一种本能，即死的本能，这种本能在某些时候会要求毁灭自己和别人。杀人的欲望可能会经常伴以自身死亡和毁灭的欲望[1]。保存生命的本能也同样有双重性，在复杂多变的情况下，它也可能被破坏的本能所取代。这种破坏本能，是唯一能够完全解释何以会有那么多反常现象存在的原因，比如何以会从中毒者转而成为毒品吸食者，以致把一些人引向毁灭，而本人

---

[1] 我们每周都可以在报纸上读到那种犯罪者在自杀和杀人之间犹豫的报道。

并非不晓得个中的利害，人有生的愿望，却不能因此就认为这种愿望可以约束他所有的行为。人也有与世无争的愿望，他愿意为她而死也了无遗憾。因此，犯罪者也并非只想犯罪，也有遭到不幸的愿望，他希望这种不幸能伴随着他，特别是一种巨大的不幸。当这种奇特的愿望扩大并取得主宰地位时，不仅死亡的威胁不能阻止他犯罪，甚至还会使他失去理智，于是为了去死，便以某种方式去杀人了。

这种奇特的现象便足以解释，一个似乎精心制定的，为使正常人望而生畏的刑罚，实际上已完全与普通心理学脱节。对已废除奴隶制的国家所做的统计，毫无例外地表明，取消死刑同犯罪之间并没有联系[1]，犯罪率既没有增加，也没有减少。断头台保留着，犯罪活动也同样保留着。在这两者之间只有法律的联系，此外没有任何关联。通过统计，我们所能得出的结论就是：在几个世纪里，对罪犯不断地处以死刑，

1　英国皇家特别法庭在最近的一份报告中指出："我们所做的所有调查统计告诉我们，取消死刑并没有引起犯罪数量的增加。"

而谋杀罪及其他犯罪活动却也不断出现，证明死刑并没有使任何此类犯罪活动消失，而几个世纪以来，对一些较轻的谋杀罪不再处以死刑，此类犯罪在数量上不但没有增加，相反在某些方面却在减少。同样，在几个世纪里，对较重的谋杀罪处以死刑，但此类的谋杀犯却并没有绝迹。在三十三个废除死刑或不再使用死刑的国家里，谋杀罪的数量却没有增加。因此，谁能从以上事实中得出结论说，死刑在实际中能使犯罪分子望而生畏呢？

面对这些事实和数字，就是保守主义者也无法否认。他们对此唯一的也是最后的回答颇可玩味。他们说，社会上这种反常的态度，实际上在其背后，隐蔽地掩盖着他们所说的那种死刑所起到的"震慑"作用。保守派说："不错，没有任何事实可以证明死刑能起到震慑作用。甚至也可以肯定成千上万个谋杀犯也并没有被死刑所吓退。但我们也无法得知那些因受到震慑而退步抽身者的情况，因此，归根结底也还是无法证明死刑并没有起到震慑作用。"就这样，这个对犯人实施的最后一个也是最重的惩处措施，也是它赋予社会的最高特权，仅建立在一个不可知的基础之上。死亡，它并不包含等级，也没有什么概率性，一旦死亡，它便使一切事物，使一切罪行，就此固定不变，像尸体一样，永远僵化了。但在我们国家却对死亡施以行政管理，依据机会和时间的不同而给予不同的处理。难道说，如果犯罪的时间选得合情合理就可以对死刑的判决有所动摇吗？此外，一个犯人被砍了头，并不是根据他所犯的罪行，而在很大的程度上是依据各种应该杀头的罪行，过去没那样做，现在才这样做，那么将来呢，因为过去未对犯杀头之罪的人执行死刑，将来也就不再执行了？在这里，宽容、犹豫如果没有了限制就会导致无情的处罚。

对这种危险的互相矛盾的做法感到惊讶的并非只我一人。政权本身对此是排斥的，而这种不良的认识恰恰反映了其做法的矛盾性。于是死刑便在封闭状态中执行，因为在事实面前他们无法证明死刑对犯罪有震慑作用。他们无法摆脱进退维谷的尴尬境地，因为贝卡利亚已经把他们包围起来，他写道："如果说，经常向人民显示出震慑力量是强大的，那么死刑就应该经常执行，但那也就表明，犯罪也是经常性的，于是也同时便证明了死刑没有起到它的效力，这样得出来的结论也必然是：死刑不起作用，却是必需的。"那么，政府当局如果不废除它的话，保存下来又不太适用，便显得有些尴尬了。带着这种盲目的希望，一个人，至少是一个人，在某一天，至少是在某一天，会因在处置杀人犯的问题上遇到大量的死刑而止步不前。为了继续表明断头能有杀一儆百的作用，政府当局将会被引向为杀一个死罪犯人而招致更多犯人产生的局面。这真是个奇怪的法律，它只导致犯罪，却永远不了解应该怎样阻止犯罪。

那么，这个"杀一儆百"的作用还有什么意义呢？如果死刑被证明起不了任何惩戒作用（这已是明摆的事实了），反而使人堕落到没有羞耻之心，并变得更疯狂，杀人更多了。

我们已经能够从公众舆论中看出死刑这种惩戒作用的效力了，即它反倒引起了残忍的谋杀，并且使某些犯罪者产生了可怕的虚荣感。围绕着断头台我们看到的，没有一点点高尚，有的只是厌恶、蔑视，或者最庸俗的感官享受。这种效果已是众所周知的事实。为表示庄严，人们已经要求把断头台从市政广场移到有屏蔽物的地方，然后再搬到监狱中去。大家从以参与这种场面为职业的人的感情中了解到的情况少多了。请听一听一位英国监狱长的话吧，他很坦白地承认这是一种"尖厉的个人羞耻感"。一位神父说这是一种"恐怖、羞耻和屈辱"的感情。我们还应该特别想一想，那些被任命的、以行刑杀人为职业的人的感情，我这里指的是刽子手们的感情。您对这些人称断头台为"自行车"，把死刑犯称"顾客"或"包裹"有何想法？除了神父贝拉·儒斯特这位曾参加过近三十次行刑场面的人所想的之外，还能有其他想法吗？他是这样写的："那些审判官们的'行话'在卑鄙无耻及庸俗下流方面丝毫不逊于那些普通犯人。"[1] 此外，我们还可以看一看一位助理行刑者在他到外省施刑时是怎么说的。他说："当我们外出时，那是一场名副其实的轻松愉快的游戏。出租车为我们效劳，高级餐厅也

---

1 见贝拉·儒斯特著《绞刑架和十字架》一书。——译者注

为我们效劳。"在吹嘘刽子手的机灵时说："他胆子大到用手抓住'顾客'的头发向断头台上拉。"这种不正常的做法，表现出另一种意义更为深刻的场面。受刑者的衣服，被行刑后，原则上归行刑者所有。戴布雷老人把那些衣服都挂在一间木棚子上，并不时地前来看一看，他是很认真的。下面便是我们那位助理行刑者的话："新来的行刑者都会被断头台搞得有点失常，有时候他几天不出屋待在家里，他头上戴着帽子，坐在一张椅子上随时等待着部长的传唤。"

是的，这就是约瑟夫·德·梅斯特勒所说的，人类为了存在，必须有一种强力而神圣的特别法令，倘若没有这种法令，"混乱将取代秩序，王权将毁灭，社会将消失"。这就是人类，建立在人类之上的社会将彻底摆脱犯罪，因为刽子手已然给犯人签发了出狱证，并重新使一个人可以自由地决定自己的一切。这实在是我们的立法者们所设想的美好而神圣的样板，至少要花一些力气才能做到，这需要在与其直接合作的人们中贬低或者毁灭他们做人的资格和理性。这需要有一种特殊的创造，一种具有对那种堕落有特殊感应的创造。当大家晓得,有那么一些人乐于义务充当行刑者时,是不会对这种事感到惊讶的,他们晓得,在那些最安详最熟悉的面孔后面,掩藏着残暴和杀人的本能。使杀人者感到害怕的刑罚,可以使某些人得到杀人的感应,这种感应比从其他怪异现象中得到的感应更加强烈。既然我们能在重大问题上为我们法律的严酷性辩护,我们就不应对某些已被剥夺了生命的人产生怀疑,怀疑其中的某些人由于断头台的原因产生了嗜血的本能。

如果想保留死刑,那么至少就不应向我们作那种虚伪的解释。我们不妨想一想,这种刑罚,不敢在大庭广众面前执行,所谓的震慑作用,又不能在老实人中起什么影响,如果它能起到作用,也只能吓一吓那些已决心洗手不干的人,而使想干杀人勾当者更加堕落。不错,它是一种刑罚,一种可怕的酷刑,肉体上和精神上的酷刑,但除了使精神颓废外,没有任何震慑作用。它确实起制裁作用,但一旦它不再能激起谋杀的本性时,就谈不上防范作用了。于是它就形同虚设,只能在那些被判处死刑的人中,在心灵上使他们在几个月甚至几年的时间内受折磨，在躯体上，在其被砍下头颅之后，因生命并非就此完结，而使其在那段时间内承受着绝望和残暴之苦。我们应该承认这个事实，即死刑的实质就是报复。

惩罚，它既然起不到防范作用，那就应该称它为报复。应该说，这是社会对那些触犯法律的人的一个合乎逻辑的反应，同人类的存在一样古老，因为在古代法律中，它被称作"同等报复"。谁让我受苦，他也应该受苦；谁搞掉我一只眼睛，他也应该成为独眼者；谁杀了人，他自己就应该死。这是一种情感问题，是一种以暴力对暴力的情感，谈不上原则。"同等报复"属天性和本能的范畴，并不是法律范畴。法律，说到底，不应该按本性行事，如果凶杀存在于人的本性中，那么法律就不应该模仿或复制这种本性，而应该纠正这种本性。而"同等报复"是对纯本性冲动的一种认可，并赋予它法律的力量。我们大家都已知道，这种本性的冲动常常使我们脸红，我们也明白它是多么强有力，它就像一片原始森林。在这方面，我们这些法兰西人不妨看一看沙特阿拉伯的那位石油大国的国王，他在世界范围内鼓吹民主，却让屠夫把犯偷窃罪的人的手给剁下来。我们也同样生活在一种类似中世纪的社会里，在那种社会里，甚至没有可以使人精神得以慰藉的信仰。我们只能依据粗略的逻辑来解释"公正"二字。难道我们能说这个逻辑是准确的，而公正，尽管是起码的公正，尽管它受到合法报复的约束，因死刑的存在就得到了保障吗？对此的回答只能是两个字：没有。

我们姑且把"同等报复"之不可实行这件事放在一边，姑且不说，把一个纵火者也关在他自己的家里用火烧死是一件极端过分的事，因为这也不可能阻止一个小偷去银行盗窃相应数目的金钱。我们先假设一下，对一个杀人犯处以死刑是必要的和公正的，但实施死刑并非就是简单地让他死，就其基本意义上讲，也同集中营的监狱那样剥夺生命不同。自然，执行死刑是杀人，从逻辑上讲，这是杀人者为杀人付出的代价。但这种刑罚却为死亡加上了一条制度，即公开的宣判，让未来的死刑犯预先知道，这也是一种安排，这种做法本身所造成的精神折磨比死亡本身更加可怕。于是便没有了所谓的"等值"问题。许多法律把有意杀人看得比单纯的暴力杀人严重。然而，宣判并执行死刑，这一系列的做法，岂不是比任何有意杀人预先谋划得更周到吗？谁又能说这中间没有比较关系？为了等值，那么就必须在一个预谋杀人犯行将杀人时，让他把自己要杀某人的意图告诉某人，并从那时起，强行把那个人监禁几个月，但这种神话在现实生活中却从未见过。

还有，当我们官方的司法机关在谈到实施死刑而不使受刑者痛苦时，他们不知道自己所说的话的含义，尤其是他们在这方面缺乏想象。在几个月甚或几年之内，加在被判死刑者身上毁灭性的恐惧和羞耻感，这种痛苦比死更可怕，但这种可怕的感觉，在受害人身上却没有，甚至在杀人犯实施杀人时，大多数情形下，都是匆匆进行的，被杀者尚不知发生了什么事便已死去。那种恐惧时刻，在他进行反抗或挣扎时，也便随着他的生命和求生的希望一起消逝了。而恐惧，却相反地落在了被判处死刑者的身上。生的希望和死的绝望轮番痛苦地折磨着他。律师和神父，出于人道主义精神，以及那些为使死刑犯老老实实不乱说乱动的监狱看守，都众口一词地说，他会获得减刑。一开始，他对此是相信的，随后便不相信了，或者白天产生了这种希望，待到晚上又绝望了[1]。随着时间一周一周地过去，这种希望和绝望也随之增长，乃至变得无法承受。据目击者说，犯人皮肤的颜色都变了，恐惧像酸性物质在侵蚀着他们。弗莱斯诺的一个犯人说："知道人就要死了，倒没有什么，但不知道是否会活下来，却是使人惊恐和不安的事。"卡图什形容在受极刑的时候说："啊，那一刻钟可实在不好过。"但这种不好过的时刻不是以几分钟计，而是以几个月计。犯人在事前很早就已经知道自己将被处决，唯一能使其免于一死的，就是天意了。因此，他们也便无由为自己辩护或者说服别人。一切都身不由己。等待着他的，已不是某一个人，而是由刽子手们所使用的那种刑具。

---

1 星期日不是行刑的日子，因此星期六的晚上，对死刑犯来说，是最好的时刻。

至于官员们，杀死这个犯人乃是他们的职业，并把这种犯人称为"一个包裹"，当然他们晓得那是什么含义。犯人自然没有任何力量违抗那只任意提起它来的手。那只手可以随意把它放在一个地方或把它扔在哪里，那岂不就像一个包裹或者一件东西，甚或是一头被捆起来的牲畜吗？但牲畜可以不吃东西，而犯人则不可以。他们为死刑犯制定一个特别食谱（在弗莱斯诺，是第四号食谱，外加牛奶、酒、糖、罐头、黄油等）。有人监督犯人吃饭，在必要时，还要强制其用餐。当一头牲畜将被杀死时，它的身体机能可以处于良好的状态，也可以有任意挣扎或不顾一切吼叫的自由。而"他们那些人呢，他们神经太脆弱"。弗莱斯诺的一位监狱长这样无耻地形容那些被判死刑的犯人。这是可能的，但作为一个人，你能叫他去寻求那种自由吗？你能叫他失去自己的尊严吗？不管他神经脆弱与否，一个犯人，当他被宣布处以死刑的那一刻起，便已进入一种似机器般的木然状态。这架机器自此便在以后的几周内，按照自己部件结构所形成的机械状态运转，这种状态控制着他所有的行动，直到最后把他送上杀头的机器。于是这个"包裹"便不再服从那个人类的所谓命运的安排，而是听命于那架机器，即等待着杀头的那一天的到来。

那一天终于来到了，行刑的那三刻钟，便使他彻底摆脱了痛苦。至此，一个毫无影响的死亡便把一切都轧了个粉碎，一头被捆绑着无法挣扎的牲畜看到了地狱，这地狱使得一切都微不足道了。其他姑且不论，仅就希腊人使用的那种毒芹，就足见他们更为人道。他们给被判死刑的人一种相对的自由，即给犯人一种可以推迟或提前死亡的机会，还可以让犯人在自杀和行刑二者之间进行选择。但我们呢？为更安全起见，则由我们自己实施这种给犯人以公正待遇的办法，即在行刑前给犯人一小时时间。但实际上这并非一种公正的待遇，试想，当一个犯人在数月之前已经得知他被判处死刑，而待他被绑赴刑场时，告诉他一小时以后再对他行刑，而这一个小时又用来忙忙碌碌地安装断头的刑具，这时候他会是一种什么心态？

在一个犯人行将被正法时建立的这一套规矩，可能就是对该犯人宽厚的证明吧。这些犯人已然没有什么顾虑了，于是便索性孤注一掷，要么就随便被一枪打死，要么就被送上断头台，挣扎着、呼叫着，昏天黑地地死去。从某种意义上讲，这也是一种自由的死法。然而，除了一些例外，一般来说，犯人都能平静地走向死亡，即在某种极端消沉、沮丧的状态下死去。而这种状态也正是我们的一些记者们在描写犯人如何勇敢地赴死时所津津乐道的地方。然而您必须看明白，犯人之所以没有大吵大闹，乃是还没有摆脱"包裹"的束缚，大家对此应该表示感谢才对。因为在这样一件不体面的事中，有关者竟能表现出一种体面的态度，以致这件不体面的事也就很快地结束了。然而这种冠冕堂皇的报道和犯人的勇敢合格证书，却是围绕着死刑而做的蒙骗术的一部分。因为犯人愈是恐惧，他表现得便愈是安静，绝对不值得我们的报纸对此大加表扬。然而，我却经常听到这种声音。如果某些死刑犯人，不管他们是不是政治犯，如果他们能英勇地死去，那就应该以适当的赞赏和尊敬的口气谈到他们。然而他们当中的大多数，所表现的只是一种恐惧的无言，一种因害怕而导致的无动于衷，我认为这种充满恐惧的无言，应该更值得尊敬。当贝拉·儒斯特神父让一个年轻的死刑犯在行刑前为其亲属写几句留言时，他听到的回答是："我已经没有这种心情了。"当一位神父听到这种内心极端衰弱的表白，他如何能在一个人如此痛苦和如此动情的状态下，不向他鞠躬致意呢？对那些一言不发的死刑犯人，大家知道，他们将要在刑具下面留下一摊鲜血，我们能说，他们是卑怯地死去吗？我们又如何评价迫使他们尽量减少这种卑怯表现的人呢？总之，每个杀人犯，当他杀人时，就有被判处可怕的死刑的危险，而那些杀他的人呢，却什么风险也没有，甚至还可以加官晋爵。

不，那个人所体验到的痛苦，已超出了一切精神范畴。无论是道德、勇气、聪明才智，甚或天真无邪，在这里都已不起作用。这时，周围的世界一下子都被一种原始的恐惧所笼罩，在那种情况下，任何事情都已失去了判断的标准，所有的公正同所有的尊严一样，都已消失得无影无踪。那时，"清白无辜感全然不能使其对受到的痛苦进行抱怨了……我曾见到过一些真正的强盗勇敢地走向刑场去赴死，但那时，

145

那种面对死亡的无辜感，竟使他们手足颤抖。"[1] 还是那同一个人，他说，据自己的经验，当知识分子身处逆境时，他不认为这一部分人比其他人缺乏勇气，只不过他们比起其他人更富有想象力而已。一个人被绳索捆绑押赴刑场时，面对着那么多希望他死去的人们，他的无助感和孤独感对他来说是一种难以想象的刑罚。在这个意义上讲，公开行刑还是较好的做法。然而在这种灾难性的情况下，勇气，心灵的力量，乃至信仰等都有可能是一种偶然的表现。按一般规律，人在行刑前等待的那一段时间，即在死前，其精神就已经全部被摧毁，这就等于判了他两次死刑，而第一次死刑比第二次更折磨人。对比之下，实行"同等报复"的刑罚仍不失为一种文明刑罚，因为它从未由于犯人挖下他哥哥一双眼而判处他被挖下双眼的刑罚。

此外，这种从源头就体现了不公正的做法，在判处死刑者的亲属中也引起了反响。而被杀害的人也都有自己的亲人，一般地说，他们的痛苦非常之大，在

---

1 贝拉·儒斯特神父语。

大多数情况下，都渴望能为死者报仇。他们的愿望满足了，但留给被处死的犯人亲属的，又是一种极端的痛苦，这种惩罚，对他们是不公正的。一位母亲或者一位父亲，在漫长的几个月的等待中，死刑犯被安排了一系列短暂的环节——允许亲人前去探监，让他们互相说一些言不由衷的话，并在一起想象执行死刑时的场面等。这一切都是一种巨大的折磨，而对被害人的亲属来说，却没有这种情况。不管被害人亲属的感情如何，他们要求雪恨的愿望，已然超出了犯人所犯罪行的程度，即使与犯人相关的人也分担着他们自己的痛苦。一位被判死刑者写道："神父，我已得到了减刑，但现在还未能成为事实。我的减刑命令在4月30日签署，星期二我从接待室回来时通知了我。我立即请人通知爸爸和妈妈，他们还在卫生部工作。请您想象一下他们会多么高兴吧！"

是的，我们可以想象出他们的高兴，但也可以想象得出在被捕入狱直到减刑之前，他们又是多么痛苦，同时也能够想象得出，那些突然接到一纸命令，通知其亲人将被行刑的那些人，又是多么绝望。

为了结束对同等报复这条法律的讨论，还要说的是，必须看到，它的形式虽然是原始的，但它起的作用却只在两个人之间，即一个绝对清白无辜，另一个绝对犯罪。当然，无辜者是受害人，但被认为是受害人代表的社会本身，它能够自认为是无辜的吗？这一命题常常被引申和发挥，我不想重复自十八世纪以来各方人士对此提出的那些论点，它们可以这样归纳一下，即各种社会都有其相应的犯罪行为，但在我们法国，倘若不具体指出环境应该使我们的立法者更加稳健这一点，是不可能的。为回答《费加罗报》一份关于死刑的调查，一位上校在 1952 年宣称，建立终身苦役制度以代替死刑，将会形成一座罪犯博览馆。这位高级军官好像不了解（我为此替他高兴）我们已然有了这种罪犯博览馆。它们同我们的各级中央监狱的明显不同之处就是，人们不管是白天还是夜晚，随时都可以进出，包括那些小酒馆和破旧的阴暗小屋子。这也是我们法兰西共和国的荣誉。在这一点上，就很难用稳健来解释了。

　　统计表明，仅在巴黎一个城市，超密度人口住房

（每间屋住三至五人者）就有六万四千个。不错，虐待儿童者，是极端可耻的人，不会引起人们的同情。也可能（我在这里说的是可能）在我的读者群中，即使处在同样拥挤杂乱的居住条件下，也不会有任何人会做出杀害儿童的事情，因此也谈不上减少某些残忍者犯罪的问题。这些没有心肝的人，他们居住在还算不错的住所里，可能还不致有机会做出那种伤天害理之事。最起码，我们可以说，他们并非唯一的犯罪者，似乎很难说，惩罚他们的权力已经交给那些宁可出钱造酒而不愿搞房屋建筑的人。[1]

然而对酒的嗜好，又使这种不光彩的事变得更加引人注目。在诸多的流血犯罪案件中，因酒精引起的案件，其比例相当之大。据一位律师的估计，可占百分之六十。据拉格里博士的统计，则在百分之四十一点七到百分之七十二之间。据 1951 年的一份调查报告显示，在弗莱斯诺的中央监狱，违犯普通法的犯人中，百分之二十九是长期饮酒者，百分之二十四有家

1　法国在酒类消费中居世界第一，而在房屋建设上位居第十五。

庭饮酒史，而虐待儿童的犯人中百分之九十五是酒鬼。这是一个了不起的数字。此外，我们还可以提供一个更惊人的数字。一家卖开胃酒的酒店在 1953 年向税务部门申报的利润为四亿一千万法郎，对这一数字加以比较便可以看出，这家酒店的股东们，以及喜欢喝酒的议员们，确实毒杀了许多他们意想不到的儿童。作为一个死刑的反对者，我绝不可能要求对这些人判处死刑。但在现阶段，我认为必须把这些人武装押送到已被判处死刑的虐杀儿童者的行刑现场去，让他们体验一下，并且在回来时把我举出的上述调查数字让他们看一看。

至于国家行政当局，他们本身就对嗜酒现象放任不管，自然对出现的这些因酗酒而犯罪的人不感到惊慌。总之，他们对此不感到惊讶，却只知道砍头，甚至他们自己也饮酒。他们坦然自若地实施惩罚，并以一个债权人自居，何时他们才能良心发现呢！就是这些酒精的代表们，面对《费加罗报》的调查，有人却大声疾呼："我知道那种胆小如鼠、为废除死刑辩护的人会怎么做，如果某一天他突然面对着一些杀人犯，这些家伙正要杀他父亲、他母亲、他的孩子们，或者他最亲密的朋友时，如果他手头上有武器的话，看他怎么办！"这句"看他怎么办"似乎就带着强烈的酒气。自然，那位胆小如鼠、为废除死刑辩护的人有理由向凶手们开枪，以免这一切使他失去小心翼翼地为废除死刑作辩护的理由。此外，如果人的思想是一贯如此的话，如果他在上述那些杀人犯身上闻到酒味的话，那么他随后的工作就应该是拯救因酗酒可能犯罪的那些人。甚至他还会惊奇地发现，那些被醉鬼杀死的人的亲属们，居然没有要求在法庭上做出解释的愿望。

但这是否在说，所有的酗酒者就被行政部门认定对自己的行为不负责任呢？是否在说，行政当局就要捶胸顿足地要求全体人民除了果汁之外就什么酒都不喝了呢？当然不是，也不是出于传统观念，对一切犯罪行为都要除恶务尽。对轻罪犯人的实际责任定性不准，却是事实。大家知道，在我们亲属中间，到底有多少酗酒者，有多少不饮酒者，我们的调查数字是无能为力的。世界上十个人口大国，其人口总数是目前世界其他国家人口总数的二十二倍，其中心情恶劣或不正常者，无法计算。我们生活在这个世界上，肩负着许许多多不堪重负的压力，在这种情况下，应该说大家都不应负责，于是从逻辑上讲，就不应该有什么惩罚或奖励，如果那样的话，整个社会也就变得荒谬了。在各种社会中，以及在各个群体中，其维持正常秩序的本能都相反地要求每个个人必须对自己的行为负责，那么就必须接受它，而不容许有绝对的纵容。然而，同样的逻辑又会使我们得出结论说，从来就没有过绝对责任者，因此也便无所谓绝对的惩罚或绝对的奖励。任何人都不可能得到终身奖励，包括诺贝尔奖奖金也是如此。然而，任何人都不应该受到绝对惩罚，尽管有充分理由认定他犯罪，但他也有可能是无罪的。死刑这条法律，不能起到真正的惩戒作用，也无法说它公正，它对一种相对的犯罪行为，却使用了终身的、无可挽回的惩罚，因此，它侵犯了那些人生的特权。

如果说死刑能起到一种令人怀疑的"杀一儆百"的作用，并能达到某种不可靠的公正，那就必须承认，该刑罚应该予以消除，因为它也把犯人最终在这个世界上消除了。

说到犯人，能对我们保证说，这些被行刑者中没有一个人能够得以挽回吗？能够肯定，就没有一个人是无辜的吗？对这两种情况，难道不应该承认，如果无法补偿，死刑就应该废除吗？就在昨天，即 1957 年 3 月 15 日，在加利福尼亚州处决了一个名叫布尔东·阿波特的人。他因杀死一名十四岁幼女而被判处死刑。这是一件令人愤慨的罪行，因此该犯人被列为不能挽回的名单中。尽管阿波特再三抗议说他是无辜的，但还是被判处死刑。行刑期定在 3 月 15 日 10 时。9 时 10 分，便有了缓期处决的命令，以便让他的辩护人进行最后的申诉。11 时，申诉被否决，11 时 15 分，阿波特被关进行刑的瓦斯房，11 时 18 分，阿波特吸进第一口瓦斯气。11 时 20 分，特赦委员会的秘书通过电话传呼，说特赦委员会改变了决定，但州长已然到海边休息去了，找不到人，于是便直接同监狱通话。大家便把阿波特从瓦斯房里抬了出来，但已经太晚了。如果昨天加利福尼亚州有暴风雨，州长便不会到海边去，如果那个电话再早打两分钟，那么阿波特今天就仍然活在世界上，并能亲眼看到为他更改判决的事。至于其他的判决，即使比较重的判决，都能有挽回的机会，独有死刑，一旦执行，便没有了任何机会。

有人会以为，这是一个例外。但我们的生活就是这个样子，而人生苦短，谁又能说我们不会遇到，况且这件事就发生在离我们不远的地方，乘飞机不过十来个小时就到。阿波特的遭遇在许许多多其他事件中并不算个别现象，一种失误的发生也并非孤立。如果我们相信我们的报纸，只举距我们最近的一例，据法学家奥利夫克勒瓦在1860年前后的统计，审判错误的概率为一比二百五十七，难道这个比例还小吗？如果是中等刑罚，这个比例不算大，倘是死刑，这个比例就是无限大。雨果曾把断头台称作勒祝尔克[1]，但并

---

1 约瑟夫·勒祝尔克（1763—1796），巴黎出生，他被指控参与一桩谋杀案，被判处死刑，但被认为是错判，真正的罪犯是一个长相和他极其相似的人。——译者注

154

不是说所有被它砍下头来的人都是勒祝尔克。有一个勒祝尔克也就足以使它蒙羞于世。大家都晓得，比利时因一次错判之后，便永远不再宣判死刑，英国自海伊案件之后也已提出废除死刑问题，大家也晓得，那位总检察长在被问到关于一个嫌疑性很大的犯人（因为他的受害人始终没找到）时，他写道："该某人如果尚在，便可使司法当局有可能有效并从容不迫地调查所有的新迹象，这种迹象会提供给我们他妻子尚在人世的证据[1]……反之，在宣布这个假设审讯的可能性无效的同时，如果实施死刑，我担心会使那些详细的迹象徒具理论上的意义并给予它们以不必要的惋惜效应。"以公正为原则、以事实为依据，在这里表现得非常感人。在我们的刑事审判中经常引用"惋惜效应"这个词，它十分坚决地表达了处于陪审团面前的人的困境。一旦无辜者被错杀，那么任何人也便无法为其找回补偿，唯一的办法，是为其恢复名誉，如果尚有人为此而提出要求的话，那也就只好还他一个他

---

1 该某人被控告杀死了他的妻子，但他妻子的尸体却始终没有找到。

原有的清白。然而作为一个含冤而死的人，他所受的折磨，他的惨遭杀害，也将永远成为无可挽回的事实。我们所应做的，也就只能为未来的无辜者设想，使他们避免再受到这种刑罚。在比利时是这样做了，但在我们国家，大家对此却依旧心安理得。

也许大家认为，法庭也已有了进步，它同科学是同步前进的。当法律专家在刑事法庭上发表演说时，那些话似乎某一位神父也曾讲过，而在科学的宗教环境中培养出来的陪审团则频频点头。然而近来发生的许多案件，特别是贝斯纳尔案件，却使我们认识到，一个由法律专家们演出的喜剧，到底是什么玩意儿。对犯罪的确定，并没有建立起统一的尺度，因为容纳它的量管刻度不同。另一个量管便同第一个的截然相反，而人的心理差异在这一棘手的计算中，又起了很大的作用。真正的法律专家，同那些心理学家的法官们在法庭上占的比例相等，比严肃而客观的陪审团人数略多。今天，同昨天一样，错判的可能性是存在的。明天会有另一个结论，宣称某一位阿波特无罪。但阿波特仍将被处死，那死法也将很科学。而科学，它自信也能和专家量刑一般可以证明谁是无辜者，但它还没有达到使被法律专家们处死的人复活的水平。

在犯罪者中间，人们能肯定，除了那些顽固不化者外，就没有错杀过别人吗？那些像我一样，在生活中有一段时期，由于需要，曾参与过刑事诉讼案者都知道，在一个判决中，有许多偶然因素在起作用，这可以置人于死地。被告的长相、他从前的经历（其中通奸常常被陪审员看作加重罪行的情节，对此我总不能相信他们所有的人，而且在所有的事上都判得那么准确）、他的态度（其态度只有符合传统习惯，也就是说，虚伪地顺从，才能对本人有利），甚至他讲话的方式（那些"识途老马"们都晓得，在那种场合讲话，既不能吞吞吐吐，又不能声音太高）等这些法庭上的细枝末节，常常都会引起别人感情上的倾斜（因而真实的情节，却往往不那么动听），而这一切偶然的情况都能影响陪审团最终的判决。在死刑裁决时，为使判刑做到尽可能的准确，还可以召开各方的会议。当人们得知极刑的定案取决于减轻罪刑情节陪审员的审核时，特别是当人们得知 1832 年的改革给予我们的陪审团对尚未定案减刑罪有权裁决时，大家便想象得出，判决意见书左边留作批示的空白处如何填写，则取决于我们陪审员们当时的心情。这已不是由法律来决定死刑要不要定案了，而是由陪审团的感觉决定。

政治气候的偶然因素和地理的偶然因素加起来更加重了这种荒诞不经的情况。一位工人法共党员刚刚在阿尔及利亚被处决，其罪名是在一个工厂的衣服保管室里放了一枚炸弹（在未爆炸前便被发现），他之所以被判处死刑，除他的行动起作用外，同样起作用的还有政治气候因素。在阿尔及利亚目前的政治气候下，人们想向阿拉伯公众舆论表明，断头台同样也是给法国人预备的，同时又想使被恐怖主义的罪行所激怒的法国舆论感到满意。而那位部长，他既称赞这一判决，却又听共产主义者们的话。倘不是在这种政治气候下，被告可以很轻易地避免这种下场，甚至有一天他还可以变成该党在议会中的议员，可以和那位部长在同一个吧台上喝酒呢。这些想法是苦涩的，我希望这些东西在我们双方政府间永远保留着鲜明的记忆。他们应该明白，政治气候和社会风气是会变的；必将有那么一天，这位罪犯，很快被处决的这位罪犯，将不会显得那么丑恶，但现在已经为时太晚了，现在他除了忏悔和被人遗忘外，没有留下什么。当然，人们会忘记他，社会也将是如此。未受惩处的犯罪，按希腊人的说法，它毒化社会。但一个无辜者被判刑，或者量刑过重，久而久之，也会污染社会。在法国，我们也明白这个道理。

可能会有人说，这是人类的司法权，尽管它尚不够完善，但总比个人专横武断强。这种悲观的评价倘若是针对一般刑罚，尚可接受，如指的是死刑判决，那就值得研究了。法国有一部经典法律著作，在解释死刑无法分成等级时，是这样写的："人类的法律绝不可能做到保证那种比例关系。为什么？因为它知道自己有弱点。"难道还需要下结论说，这种弱点会迫使我们做出一种绝对的审判吗？由于有了这种弱点，它便经常为自己找出一种可以为自己开脱的办法，难道它就不能把这种手段施之于犯罪者吗？陪审员能够很体面地说："如果我错杀了您，您会原谅我，那是因为我们的民族共性有其弱点的缘故。但我判决您死刑，却没有考虑到这种弱点，也没有考虑过这种共性。"能这样说吗？对错判或一时的失误，所有的人都负有连带责任，难道对这种责任，法庭就可以当儿戏从而使被告也失去了这种责任吗？不，如果司法权在这个世界上尚有某种意义的话，它就只能承认这种共同的责任。就本质上讲，它不应使自己同怜悯相脱离。当然，怜悯，在这里并非仅仅指的是共有的痛苦感情和不正当的纵容，这些对被害者已无任何意义。怜悯并不排斥惩罚，但它却可以对极刑缓期执行，不采取无法挽回的极端措施，这种极端措施对人是不公正的，因为它没考虑到具体情况。

说实话，某些陪审团并非不知道这一点，他们经常接受对一个案犯实行减刑的处理，而实际上该案犯却没有任何可以减刑的理由。那是因为他们觉得判死刑太过严酷了，他们认为处罚太过，不如适当从轻一些好。极端严酷的刑罚是对犯罪的促进而不是真正的惩罚。常常有那种情况，经过庭审之后，我们在媒体上看到的现场报道，却是该庭审很无条理。在事实面前，不是说理不够，便是过于极端武断。对此，陪审员们并非不知，只不过在重大的死刑面前，他们也同我们一样，宁可对某些事不予追究也不愿使自己几夜不能睡觉来处理这些案件。既然晓得他们自己身上的这种弱点，于是便只有斟酌情况得出一个相应的结论就算完事。

但有一些重大的刑事案件，不管何种性质或任何时间，陪审团是定要严加审判的。在这些案件中，作案人的罪行已经确凿无误，原告的证据又同被告的庭述相符。当然，有些人表现得极其反常，而且思维混乱，这已经属于心理病态之类，而心理学专家在大多数情况下仍然认为他们负有刑事责任。最近在巴黎发生了一起案件，一位青年男子，性格有些懦弱，但很温和且富有感情，和亲人相处极好，因他父亲发现他每日回家很晚，便感到很恼火。一天，他父亲正坐在餐厅饭桌前读报，该青年便手持一把斧头，在其父身后狠命地砍了几斧，随后，便又对正在厨房做饭的母亲同样砍了几斧。然后他脱下衣服，把沾满血污的裤子藏在衣橱里，不动声色地到他未婚妻的父母那里去了。等他回到自己家里以后，便向警察报告，说他父母被杀害了。警察立即发现了衣橱里沾满鲜血的裤子，并且毫不费力地从这个杀害父母的青年那里取得了口供，他很平静地讲出了一切。精神病医生经检查认定，该青年应负因气愤而谋杀的责任。这位青年这种反常的无所谓态度以及在狱中相反的表现（如希望为其父母送葬的人要多些，并对他的律师说："他们非常受人爱戴。"）都不应该被认为是正常现象。但他的推理能力似乎并没有什么毛病，起码看起来是如此。

许多"怪人"，他们在我们面前显现的面孔，也同样不可理解。但由于只考虑他们的行为而不管其他，他们便被断送了。从表面上看，他们所犯罪行的性质及其严重性使人很难想象他们会幡然悔悟或痛改前非。于是只从如何使他们不再有机会重犯类似罪行的角度考虑，便只有把他们处死，此外别无选择。从这方面考虑问题，仅从这一方面考虑，那么围绕着死刑问题进行讨论是合法的。但在其他方面，把各种情况都考虑进去，那么守旧派们的论据，便不足以抵抗主张取消死刑者的批评了。如何分清这种界限，我们在法律上是无知的，我们只能猜想。没有任何事实，也没有任何理论可以判断出，哪些人认为应该给人生最后的那段时间一个生存的机会和哪些人认为这种机会是虚假的。但在这最后临界线上，超越坚持死刑和反对死刑双方漫长的争论，评价一下，当今之日在欧洲实行死刑政策是否适当，还是可能的。自知才疏学浅，但我还是想尽力来回答一下瑞士法学家让·克拉文教授提出来的问题，1952 年他在那篇杰出的研究死刑问题的论文中写道："……面对这个重新又向我们的良心和理智提出来的问题，我们认为应该对另一种解决方案予以研究，这种方案不是对观念的研究，不是对从前的问题和论点的研究，也不是对未来的展望和理论上允诺的研究，而是对目前的意见、看法和需要的研究。"这说得极是，我们可以对历代以来死刑带来的是与非海阔天空地争个没完没了，但死刑就是现在，在我们这里大行其道，我们也应该在现在，在我们这里，面对着当代的刽子手给它下一定义。那么，对这半个世纪的世人来说，死刑到底意味着什么呢？

　　简单地说，我们的文明已失去了它唯一的社会标准，即按着这个标准，可以为死刑辩护，也可以依据世人所受的痛苦，要求取消死刑。另外，死刑的取消应该由我们社会中有觉悟的成员提出，同时也是基于当前社会发展的必然性和现实性。

　　首先说必然性。对一个应该受到极刑的人做出裁决，就必然要确定此人已然没有任何可以挽救的希望了。我们再强调一遍，在这里，其理论观点就发生了冲突，并且停留在毫无意义的互相对抗之中。而恰恰在这一点上，我们当中没有任何人能干脆地予以决断。因为我们大家都是法官又都是当事人。正因为如此，对我们有杀人的权力表示犹豫，对我们处理这种案件的能力又表示怀疑。世上没有绝对的无罪，也没有至高无上的法官。我们大家在生活中都损害过别人，这种对别人的损害发展成不为人所知的犯罪，也没有受到过法律的制裁。世人无所谓真正的公正，只有可怜的良心才能称得上公正。至少，我们活在世上使我们懂得了这些，也使我们能在自己的总体行为中

164

再加上一点儿善行，以部分地弥补我们留在世界上的恶行。这种附着在弥补恶行身上的生的权利乃是人类的天然权利，即使最坏的人也有这种权利。最卑劣的罪犯和最公正的法官，在这方面都是共通的，他们在这里相会了，彼此都有不幸，彼此都有共同的责任。没有这种权利，精神生活便在严格意义上不存在。特别在我们当中，不应该有任何人对别人表示绝望，除非此人已死，把自己的生命交给命运之神安排，那时才可以对他盖棺论定。但在此人未死之前就对他下最后的结论，当债主尚在人世时，就给他结账，则任何人都没有这种权力。在这方面，你愈是绝对化地审判别人，自己也便受到绝对的审判。

曾受雇于盖世太保的贝尔纳·法卢，在供认自己曾犯下过大量可怕的罪行，并被确认有罪后，被判处死刑，此人死得很勇敢，死前他就声称自己罪不可赦，他说："我手上沾的鲜血太多了。"这是他对同牢的犯人说的话。公众舆论及法官们的看法相同，都把他列入不可救药者的行列中。如果我不是看到了一份令人吃惊的证词的话，我原也打算接受上述看法。下面便是法卢声称乐于赴死以后，对一同牢犯人说的话："你愿意听一听我最大的遗憾吗？那么好吧，那就是我没有早一点儿读读我在那边的那本《圣经》，不然的话，可以向你保证，我不会那样干，也不会落个这样的下场。"在此不需看那些通俗的连环画，也无需回顾雨果笔下的那些苦役犯，正如人们所说的，明智的时代，本来就因为人类原本是好的而愿意取消死刑。当然，事实也并非如此（他们有好的也有坏的），我们的历史经过二十年波澜壮阔的变迁之后，我们对此有深刻的了解。但正因为事实并非如此，所以我们当中没有任何人能够对此下一个绝对的判断，也没有任何人能够宣称可以一劳永逸地消灭最卑劣的犯罪行为，因为我们当中也没有任何人可以保证世上有绝对的清白无辜。极刑的判决，打破了人间不可争议的连带责任，即与死刑对抗的连带责任，要想使这种审判合法化，只能由那么一条凌驾于世人之上的真理或原则来完成，否则它就不合法。

不错，有史以来，极刑始终是一种最高刑罚，由上帝在人间的代表，即世上君主或祭司发令，或者由被认为是一个圣体的集团来实施。那时，这种刑罚打破的不是人类的共同责任，乃是割断了罪犯对上帝的隶属关系，只有上帝才能决定犯人的生或死。上帝剥夺了犯人在尘世上生活的权利，却给他留下了忏悔的机会，因为真正的审判尚未宣布，那将在另一个世界上宣布。宗教的价值，特别是人们对永生的信仰，是建立死刑的唯一基石，因为它们依据自身的逻辑，可以使人相信，死，并非人的终点也并非不能弥补。因为死，在这种情形下，并非最后的惩罚，那么它的逻辑也便能够成立。

例如天主教，它始终承认死刑的必要，并且在从前它就毫不怜惜地在本教内实施死刑。时至今天，它仍然为死刑辩护，并承认司法当局有实施死刑的权力。尽管其观点变化如此细微，我们仍能从中看出其根深蒂固的那种感情。这种感情，1937年弗赖堡一位瑞士参议员在议会上讨论关于死刑问题时，已经表达得十分明白。按照这位名叫格朗的议员先生的意见，被判处极刑的犯人面对可怕的死刑时，正是他找到自我的时候："那时他要做忏悔，这对他的死起到了安慰作用。这时，教会便也拯救了它的一位成员，从而完成了自己的神圣使命。这就是为什么教会承认死刑。这不仅是一种合法自卫手段，同时**也是一种强大的拯救手段** [1]……就如同战争一样，死刑替教会承担了其神圣的职责，却无须教会多做什么事。"

依据同样的逻辑，我们可以从弗赖堡刽子手的屠刀上看到这样的箴言："伟大的耶稣，你就是法官。"于是刽子手便也承担了一种神圣的职能。他也便成了摧残人的肉体，把其灵魂送上天堂的人，而这种灵魂又是任何人都看不见的。大家可能认为类似的议论很可能会引起令人不安的思想混乱。对那些笃信耶稣的教诲者来说，这把银光闪闪的屠刀，对耶稣本人可是一个凌辱。在这把屠刀利刃的照耀下，我们完全明白俄国一位死囚犯人那句可怕的话。那是 1905 年，其时刽子手们正准备把他送上绞刑架，此人坚定地对手持耶稣像为他祈祷的神父说："请您走开，不要在这

1　黑体字是我改的。

里再犯渎圣罪。"就是不信教的人，同样也不能不想到，即使那些信仰宗教的人，见到因司法机关错判而被推上断头台的无辜者那种令人心悸的表情时，也同样会对这种做法表现出某种怀疑。我们还可以回忆起那些信仰宗教者。朱列安皇帝在改变信仰之前从来不向基督教徒正式下达让他们行刑的命令，因为这些教徒们一向拒绝宣布死刑，或插手这件事。五百年来，基督教徒始终认为，他们主上对其严格的精神教诲就是禁止杀生。但天主教的信仰则不仅只局限在基督本人的教诲，他们还从《旧约》中吸取营养，像对待圣保罗和上帝那样。特别是灵魂的堕落和肉体的起死回生说，对他们来讲，仅是个教条。自那时起，死刑对宗教信徒来说，便成为一种暂时保留的刑罚，这就使得死刑判决成了一个使他们感到犹豫的事，只是一种残留做法，一种行政措施，它远不能阻止犯罪，仅有利于忏悔。我决不是说，所有宗教信仰者都这样想，但我却很容易想象得出，天主教徒距基督要近些，距圣保罗要远些。我这也仅只是说，灵魂的堕落使得天主教对死刑问题提出了许多不同的说法和为其辩护的理由。

但在我们生存的这个社会上，这种辩护意味着什么？在它各项法规和各种风尚中，又都是什么东西失去了其神圣的意义？一位法官，他或是个无神论者，或是个宗教怀疑论者，或是个不可知论者，当他向一个不信教的被告宣判死刑，并宣布此刑不予再审时，他便已经坐在上帝的宝座上了。尽管他没有上帝的权力，甚至他根本就不信上帝。于是他便把他杀了，总之，他的祖先们相信生命是不死的。然而，法官所声称的他所代表的社会，实际上却只宣布了一种纯粹的淘汰措施，打破了与死亡对抗的统一的人类共同体。它以绝对准则来衡量一切，因为它自称自己有绝对的权力。当然，它也会依据传统习惯向死刑犯派出一名神父。而神父便也希望犯罪者对刑罚的恐惧有助于本人忏悔自己的罪行。在这种情况下，谁还会愿意为已被定刑而且通常已被接受的刑罚去从另一个角度加以解释？这是一种在感到恐惧之前便已相信的事情，而另一种呢，则是感到恐惧之后才相信的事。通过火与剑强行使人改变主张的做法都很值得怀疑。我们可以相信，宗教放弃用恐怖手段压服叛教者的做法。不管怎样，这个已然非神圣化的社会，从它自称并不感兴趣的强行使人转变的现象中并没得到任何好处。它规定了一种神圣的刑罚，还不准予以减刑，但也同时使这种刑罚失去其作用。这正如一个很讲体面的人，他杀死了自己不走正路的亲生儿子，并解释说："说实话，我已经对他无法可想了。"这个社会就似处于一个原始状态，它窃取了挑选万物的权利，它又似一个救世主，在实施淘汰中给万物平添了许多痛苦。

如果直接地声称，一个人应该绝对地被社会所淘汰，因为他是绝对的可恶，那就无疑等于说，这个社会是绝对完美无缺的，对此，任何一个有思想的人在今天都不会相信，将来也不会相信，而且反倒使人很容易地想到反面去。如果说，我们这个社会真的会变得那么堕落，那么残酷，只有在它行将寿终正寝，并且除了它本身所保存下来的历史足迹和功勋外已没有了任何值得称道之处才成为可能。不错，它已然不再那么神圣了，但在十九世纪它已开始用宗教的代用品装饰自己，开始把自己安排成为一个被崇拜的对象。

社会进化的理论和随之而来的社会选择观念已为社会的未来竖起最后目标。夹杂在上述学说中的政治空想主义已安排下一个黄金时代，它可以为今后任何做法事先予以辩护。社会本身已然习惯于把为其未来服务的一切合法化，已习惯于以绝对的方式实施极刑。自那时起，它便视一切阻碍其施政方针和反对其世俗教条的做法为犯罪和亵渎圣物。再说，刽子手、神父也已变成公职人员，这已成为现实，他们就在我们周围。这半个世纪以来的社会，已然失去了其宣布死刑的权力，现在就应该依据现实情况取消死刑。

面对犯罪的现实，应该如何为我们的文明下一定义？答案很简单：三十年来，国家政权所犯的罪行，远远超出了个人行为所犯的罪行。我在此所说的，甚至还不包括战争，无论是全面战争或局部战争。无论是鲜血还是酒精，它们都可以毒害社会。然而，由国家政权直接杀死的个人，其数量已是一个天文数字，已大大超出了个人凶杀数字。而且对犯人的审判依据刑法的愈来愈少，而依据政治原因的愈来愈多。其证明便是，在我们当中，不管这人如何受人尊敬，都面临着某一天有被判死刑的可能，而这种现象倘在本世纪初（二十世纪），那将被认为滑稽可笑。阿尔封斯·卡尔的那句俏皮话"让那些杀人的先生们开始行动吧"如今已没有任何意义。那些制造大量流血事件者，就是那些大权在握、相信历史和公理都被自己所摆布者。

如今，我们的社会，反对个人犯罪已不如反对国家犯罪来得那么强烈了。再过三十年，事情可能会反过来。但就目前来说，正当的自卫首先矛头应对准国家政权。司法机关和最现实的时机，可以让法律保护个人，反对政权疯狂地搞分裂主义或自以为是。"让政权开始行动，并废除死刑吧。"这应该是我们今天呼喊的联络口号。

有人说，血污的法律，玷污了风尚。但有时在一个无耻的政权下，在一个现存的社会中，尽管这个社会秩序混乱，而风尚却总不像法律一样那么满身血腥味。这种政权，在欧洲有一半人体验过。我们法兰西人也曾经体验过，很可能我们还会再体验一次。占领地区的杀戮者，导致了解放地区的杀戮，因为人们总想冤冤相报。另外，负有太多罪行的国家，也决心把自己的负罪感在更大的屠杀中化解。为了一个民族或一个阶级，人们大开杀戒，为了一个未来的社会，也大开杀戒。那些自认为什么都懂的人，也觉得自己什么都能。世俗的偶像们要求大家对他有绝对信仰，于是便不知疲倦地实施绝对惩罚。而愚蠢的教会也大批地杀害处于无望状态下的犯人。

半个世纪以来的欧洲社会，倘若下决心通过一切手段来保护社会生灵以反对政权的压迫，它将怎样生存下去？禁止对一个人实施死刑，那便是公开宣布，社会和政权并非绝对标准，也便是公开宣布，没有任何事情可以允许他们制定终身判决，也不能制造无可挽回的局面。如果没有死刑，卡布里埃尔·贝利和布拉西拉赫[1]就可能尚活在我们中间，我们就可能以我们的观点对他们予以评价，我们就可以理直气壮地宣

1　卡布里埃尔·贝利（1902—1941），法国记者和政治家，共产党议员，1941年被德国人枪决。布拉西拉赫（1909—1945），法国作家，1945年被德国人判处死刑枪决。——译者注

布我们对他们的看法，也便不至于使他们今天在九泉之下来审判我们了。如果没有死刑，拉吉克[1]也不至于陈尸街头，毒化着整个匈牙利，一个罪恶不大的德国就可能被欧洲所接受，俄国的革命也不至于在羞耻中奄奄一息，阿尔及利亚的鲜血也不会如此沉重地压迫着我们的良知。如果没有死刑，欧洲这块贫瘠的土地也不至于被二十年来堆积的尸体所毒化。我们这块大陆上，一切道德标准都被恐惧和仇恨搅乱了，个人之间如此，国与国之间亦是如此。意识形态的斗争在绞索下和屠刀中进行。人类社会和自然社会已不再行使它们的生杀之权，乃是由意识形态来支配或要求人类的生死。有人曾写道："断头台始终起着惩戒作用，当我们认为需要杀死那个人时，是那人的生命自行终止了领受圣事。"这种惩戒愈是传播得广，其流毒也愈加普遍。随之而来的，便是虚无主义的混乱局面。因此，必须斩钉截铁地予以废除，并且在原则和制度

---

[1] 拉吉克（1909—1949），匈牙利共产党人，任过共产党副总书记、外交部长，后被判处死刑。——译者注

上宣布，人的生命高于政权。任何措施都应该限制社会力量施于个人的压迫，都应使欧洲"消肿"，因为它正在忍受着充血的痛苦，任何措施都应该为欧洲提供更好的思考机会，都应该让它逐步走向健康。欧洲的顽疾在于它不相信任何事物，并且自以为什么都能做到。实际上它任何事物都不懂，而且差得甚远。根据叛乱的发生和我们的愿望来判断，它相信某种事物，即它认为人类的极端困苦处于一个神秘的范围之内，同人类的极端辉煌是相连的。信仰，在大多数欧洲人中已然丧失殆尽。所谓信仰，便是为刑罚的正常秩序作辩护。然而大多数欧洲人也非常厌恶把政权当偶像崇拜，这种政权自称可以代替信仰。自此，走在中途的我们这些人，便对可知的事情或不可知的事情都决心不予接受，同时我们也必须承认，我们有自己的希望，也有自己的无知之处，并对绝对的法律，即无法弥补的法律，予以拒绝。但我们也并非不晓得，对某种严重罪行应施以终身的刑罚，我们也并非不晓得，须要剥夺该罪犯的前程。但待到明天，在一个团结的欧洲里，由于我以上说的那些原因，庄严地废除死刑，应该成为我们欧洲法典的第一条条文，这也是我们大家共同的愿望。

从十八世纪对血腥的断头台那种人道主义温情脉脉的道路上走下来，那道路一直是笔直的，直到今日，每个人都知道，刽子手已成了人道主义者。因此，在关于死刑的问题上，就应该适当考虑人道主义的观点。在本文行将结束时，我想再重复一下，万物都有好生之德，绝非虚幻，也绝非对金色未来时代的一种信念，这种善良的本性也并不是我反对死刑的原因，相反地，我之所以认为取消死刑实属必要，乃是出于经过思考后的悲观主义，出于逻辑发展的必然，出于从现实主义观点的考虑。我刚刚花去几周的时间研究了一些人们常见的文章，诸如回忆录，诸如那些或远或近地同断头台有着某种关联的人的文章，一旦进入了那种可怕的情景，就很难摆脱它。但必须强调的是，我不认为这个世界就没有任何责任。同样，也不是因为这是一种时髦的做法，即把一切是非，不管是受害者还是谋杀者不问青红皂白也一律予以宽恕，以致造成一种黑白颠倒的混乱。这种混乱如果出现，那纯系一种感情因素，与其说是因为宽宏大度，毋宁说是因为软弱无力。其最终的结果，将是为这个世界上最丑恶的现象张目。但正是在目前世界形势下，当代人便要求制定各种法律，建立必要的制度和法规，这种法律可以约束世人，却不是毁灭他们，可以引导他们而不是镇压他们，使他们充满生机和活力而不是阻挡历史的发展；他们需要做一个有七情六欲的人，需要与之相应的法律法令，总之，他们需要一个理智的社会，而不需要混乱无章，即不需要那种骄横傲慢和政权的权力不受约束的社会。

我坚信，死刑的废除能有助于我们走上通向这种社会的道路。法兰西只要采纳了这种做法，它便能够推而广之，使铁幕两边尚未废除死刑的国家接受这种做法，但首先它自己应做出榜样。那时，对那些不可救药的犯人，死刑可以用终身强迫劳动来替代。对那些认为终身强迫劳动比死刑更为无情的人，我们的回答是，终身强迫劳动，到底还可以向犯人提供一种选择自己如何死法的可能性，而断头台则没有任何给他选择的余地。相反地，对那些认为终身强迫劳动是一种太过无力的刑罚的人，我们首先要告诉他们缺乏想象力，其次我们要说的是，认为剥夺了一个人的自由是一种不太重的惩罚，只能在一种情况下成立，即当今的社会教导了我们，要藐视自由。

尽管该隐没有被杀，但他却在众生的眼中留下了一个永远受罚的记号，这就是我们应该从《旧约》中吸取的教训，在这里无须说《新约全书》，也不需在摩西律法中去寻找那些残酷的例证。总之没有任何事情可以阻止一种实验在我国进行有限期的尝试制（例如以十年为限），如果我们的议会依然无力挽回它在限制酒精方面投票结果所造成的不良后果的话，不妨以废除死刑这个人类文明的伟大举措来试一下。总之，尽管死刑已被执行，尽管它执行的频率很小，但它终究是一种令人反感的杀戮。然而，那种使一个活生生的人顷刻间身首异处的场面，那种鲜血横流的场景，那种在野蛮时代便已实行的做法，以及给人民留下恶劣印象的情景，实在是一种对人身的凌辱，对心灵的摧残。时至今天，这种丑恶的死刑却仍在偷偷摸摸地执行，它的意义到底何在？事实是我们已处于核子时代，而我们却仍然像刀耕火种时代那样来杀人。那种一心只想对人实施这种野蛮手术的人，并不是一个有正常感情的人，他们的做法只能令人厌恶。法兰西执政当局没有能力在这一点上战胜自己，也不能向欧洲提供一张欧洲所需要的药方，那么，目前它起码也应改革对死刑的实施方式。今天的科学可以提供诸多杀人方式，它至少可以使人体面地死去。有一种麻醉药可以使犯人由睡眠过渡到死亡，可以给犯人一天的时间，让他自己服用；或者用另一种方式，即当犯人情绪不好，意志消沉时，由别人在食物中下药让犯人服下。这种办法，可以让当局认为非杀不可的犯人体面地死去，可以保证不致出现砍头时那种令人厌恶的难堪场面。

我之所以提出这种妥协的办法，是鉴于在目前这种情形下，当局不想废除死刑，并把自己应负的道德责任和真正的文明举措一股脑儿地推到未来来，这也是令人失望的事。对某些人来说——这些人的数量比我们想象的要多——他们了解死刑实质上是怎么回事，而且又不能制止它的实施，这也实在使他们难以忍受。那情形，就如同他们自己也在默默地受着这种刑罚一样。因此，至少，我们应该减轻一些那种血淋淋的场面压在他们心头的重负，而这对社会又不会造成任何损失。但说到底，这样做依然是不够的。只要死刑不在我们法律上抹掉，那么，无论是个人心灵还是社会生活都无法处于长久的平静状态。

Ⅲ 在瑞典的演讲

献给路易·热尔曼医生

阿尔贝·加缪 | 1913—1960

1957年12月10日的演讲[1]

　　在荣幸地接受你们这个自由决策的文学院给我的这一殊荣时，我向你们表示深切的感谢，并深知，以我个人的贡献，愧对这一奖励。有足够的理由说，任何人，任何艺术家，都希望为大家所承认，我也是如此。然而，倘若不同我实际的表现所引起的反响加以比较，我就不可能了解你们这一决定的意义。作为一个尚称年轻的人，他内心深处尚存有诸多的犹豫，他的事业尚在启动阶段，并习惯于在孤独中埋头工作，

1　这篇演讲是按照惯例在斯德哥尔摩市政厅举行的诺贝尔奖颁奖仪式结束后的酒会上发表的。

或可称之为离群索居，像这样一个人，突然得知他一下子便被中止了日常工作，并被带到明亮的聚光灯下，他怎能不感到某种惶恐呢？在当前的欧洲，有许多作家，其中甚至有许多伟大的作家，在他们家乡的土地正在承受着无穷的痛苦时，他们被迫缄口不言。在这种情况下，他能获得这一荣誉，该是一种什么心情？

我内心中便怀有这种不安和惶恐。为使自己能平静下来，我必须对诸位赐予我的这个太过慷慨的荣誉有一正确的认识，因为单凭我本人的成就，就不配获得这种荣誉。在逆境之中，我思想上的唯一支柱，也可以说在生命的旅途中唯一的思想支柱，便是我从事的艺术和作为一个作家的职责。怀着感激和友好的心情，请诸位允许我在此简述一下自己的这一想法。

倘若我没有自己的艺术工作，可以说，我个人便无法生活下去。然而我却从没有把这一工作置于其他工作之上。反之，如果我必须全力以赴地从事这一工作，也绝非把它置于人群之外，并且应该使我能生活在人们中间。这就是我的做法，和大家处在同一水平线上。艺术在我眼中，绝非是一种孤芳自赏、自我陶醉的东西，它是一种在心灵上打动大多数人的手段，并向他们提供一种对共同痛苦和共同欢乐的独特感受方式。因此，它便决定了一个艺术家不能与世隔绝，并把艺术家置于最朴素又最普遍的真理之中。那些选择了艺术活动为职业的人，因为他们自觉有与众不同之处，这些人常常很快便明白了，只有认识了自己与众人有共同之处时，才能更好地培育出自己的艺术果实和发挥出自己的独特之处。艺术家只能在他本人和其他人之间如此不断地往复之中锻炼自己。在通向至善至美的道路上，他不能半途而废，在走向共通的道路上，他也不能踟蹰不前。因此，真正的艺术家，对任何事情都不能等闲视之，他必须强制自己去理解，去体会而不应去判决。如果在这个世界上，他想支持某一个派别，那么这个派别就是社会的派别，按照尼采的至理名言，那就是法官将不能支配一切，支配一切的将是创造者，不管他是劳动者还是知识分子。

至于作家的职责，同样也不能同其艰巨的使命相脱离。就其本义讲，作家，今天不能为制造历史者服务，它应该为生活在历史中的人服务。倘若不是这样，那么他的艺术才华将被剥夺。专制暴政掌握的所有军队，尽管有几百万人，如果这个作家同他们走在一起，也不可能使他摆脱孤独感。然而一个在世界的一隅忍受着屈辱的默默无闻的囚犯，他的沉默便足以把这个作家从他的流放地拉回来，如果这个作家能够做到不忘记这种沉默，并在一个自由的环境中通过艺术手段使这种沉默发出回响的话。

执行这样一个使命，我们当中的任何人都不能堪称"伟大"二字。但在他一生的际遇中，不管是处于低谷还是暂时的辉煌，无论是处于暴政的压迫下，还是能有暂时的言论自由，作家总能找到那种活生生的与群众共通的感觉，但他必须履行两个职责，即一个是为真理奋斗，一个是为自由奋斗，这也是作家这一职业的伟大之处。既然作家的使命是尽可能地团结最广大的群众，那么他就不应该在谎言和强制面前退却。哪里有谎言和强制横行，哪里就会死气沉沉。尽管我们个人有许多缺陷，但我们职业的高尚性，却总是使我们能够坚定不移地去做这两件很难做到的事：

反对众所周知的谎言和反抗压迫。

我本人在二十余年的彷徨求索过程中，在这个动乱的时代，像与我同龄的所有人一样，也曾孤立无援地迷失过路途，但我在这种孤立无援的感情中写作不懈，从而使我获得今天的荣誉，这就是我的行动。这种行动迫使我在作品中体现出我们同时代人的痛苦与希望。尽管我力不从心，但我在力所能及的情况下和与我有着同等经历的人一起努力。这些人都出生在第一次世界大战刚刚开始的时候，这些人在二十年中同时经历过希特勒政权的建立和革命者第一次内部出现的各种纠纷，他们经历过西班牙战争，经历过第二次世界大战，见到过各式各样集中营里的关押者，看到过痛苦的欧洲和欧洲的监狱。如今他们又不得不在一个随时都可能被核武器摧毁的世界上养育自己的儿子和酝酿自己的作品。我想，在这种情形下，没有人会要求他们成为一个乐观主义者。我甚至同意这种意见，即我们在不断地同这些悲观主义者做斗争的同时，也应该理解那些由于被日益增长的失望情绪所左右而犯了错误的人，他们曾经要求过一些并不光彩的权利，并且也曾纷纷投向当代虚无主义的门下。然而，我们当中的大多数人，包括我的国家和整个欧洲，他们曾反对过虚无主义，并且已开始寻求一种合法的斗争方式。他们必须学会在这个多灾多难的时代中生存的艺术，以获得第二次生命，同死亡的本性做斗争从而以崭新的面貌在我们的时代里工作。

无疑，我们每一代人都认为自己是在为重建一个新世界而奋斗。但我们这一代人却晓得，他们并不能做这件事，但他们的任务可能更加伟大。他们要做的，是阻止这个世界走向解体。继承了一个四分五裂的世界，在这个世界上，有变质的革命，有一日千里的技术发展，有死去的偶像，有日趋失去信仰的意识形态；在这个世界上，无能的政权能够用武力摧毁一切，却在道义上无以服人；在这个世界上，智慧降低到成为愤恨的用人，成为压迫的帮凶。因此，这一代人必须从否定自己出发，在自己身上和在其周围要树立一种精神，即活要活得尊严，死也要死得尊严。面对一个有分裂危险的世界，在这个世界上，我们那些大法官们几乎就要建立他们永远不垮的死亡王国了，我们这一代人了解，他们应该和时间赛跑，以在各国之间营造一种和平气氛，这种和平又不应该是强制的和平，并重新消除劳动和文化之间的鸿沟，同所有的人重造神圣同盟。他们是否能完成这一艰巨任务尚不敢肯定，但可以肯定的是，这一代人已在世界各地下了这一维护真理和保卫自由的双重赌注，而且倘若有必要，也将无恨无悔地为此而献出生命。正是这些人才值得我们尊敬，并应给予他们鼓励，特别是当他们为这一目标而不惜牺牲自己时。对此，我想各位会深有同感，因此我仅在此表示，我愿意把各位刚刚授予我的这种荣誉转让给他们。

同样，在提到写作这一职业的高尚性之后，我还将把作家这个称呼放在一个真正的位置上面，即他应该和他的战友们以这样的精神工作：他虽然是众矢之的，却十分执着；他虽然有时有失于偏颇，却主持正义。他敢于在众人面前不卑不亢地拿出自己的作品，他虽然经常在痛苦和美之间徘徊，但最终却能从中走出，在破坏中以顽强的精神从事新的建设。除此之外，还能期望他有什么灵丹妙药和更高昂的斗争意志呢？真理是神秘的，是不可捉摸的，它始终需要人们去寻求。自由是危险的，它使人振奋也同样使人痛苦。我们应该向这两个目标迈进，尽管困难，却坚定不移。应该预料到，在如此漫长的道路上，我们会产生松懈情绪。但哪一位作家从此在自己良知上敢于充当一个道德的说教者？至于我自己，我必须说，在这方面，我是不值一提的。自我有幸成人以来，自我从自由的生活中长大以来，我从没有放弃过对光明的向往。尽管这种怀旧的忧伤可以说明我诸多失误和做错事的原因，但它却也帮助了我更好地理解我职业的意义，还帮助我能够站在所有那些默默无声的人们一边，尽管有些盲目，那些寂无声息的人之所以能够在这个世界上忍受生活的重压，乃是靠了对往昔那段短促而自由的幸福生活的记忆和回顾。

这样来回顾一下，实实在在的我到底怎样，回顾一下我的局限，我所欠下的债务，以及我苛求的信仰，我便感到可以更加自由地向诸位表达诸位刚刚授予我的这一殊荣的内涵和诸位的慷慨精神，也可以更加自由地向各位说，我接受这一殊荣乃是为了向那些和我共同作战的人们表示敬意，他们没有得到任何表彰，相反地，却受到迫害和诸多痛苦。此外，我还要向诸位表示我发自内心的谢意，并公开地向各位重申那个已然陈旧的诺言，即忠诚。忠诚乃是每一位真正的艺术家每时每刻都应该默默地在自身上体现出来的品德。

阿尔贝·加缪 | 1913—1960

1957年12月14日在报告会上的演讲[1]

　　一位东方贤哲,在他祷告时,总是祈求神灵让他远离尔虞我诈的是非之地。我们不是贤哲,所以神灵也没有对我们予以关照。至今仍然生活在这块是非之地上。然而,这个纷争不已的时代却并不认为我们有能力摆脱它。当今的作家们对此是了解的。只要作家们一开口,便会引来一系列的批评和攻击。倘若你因之便小心谨慎,闭口不言了,那些人就又对你的沉默不语大发议论,大加讨伐,又把事情闹个沸沸扬扬。

1　这篇报告的题目是《艺术家和他的时代》,报告会在乌普萨大学大阶梯教室举行。

处在这种杂乱纷纭的包围中，作家们就休想找一个安静的处所平心静气地去思考、去构思人物的形象，但这些又是他们所必需的。到目前为止，在过去的历史上，大家总还算好歹有所克制。有人对时事看不惯，便常常沉默不语，或者顾左右而言他。但今天呢，一切都变了，即使是沉默不语，也会使人感到心惊胆战。自从把克制看作是你的一种选择以来，即看作是你选择惩罚还是选择表彰以来，艺术家便已身不由己地被卷入了是非的旋涡。我认为在这里用"卷入"一词比用"参与"更恰当。因为对艺术家来说，他们并不是心甘情愿地参与进去，倒有点像义务服兵役一般。今天的每一位艺术家都已被卷入他这个时代的战船上。尽管他闻到这条战船有股鲱鱼味儿，尽管他感到这条船上凶暴的监视者人数太多，并且航向不正，但他必须服从。于是我们便处于一望无际的大海中，艺术家也就只有和大家一样操起桨来划船，并且如果能够做到，还要生活下去。也就是说，一边维持生活，一边创作。

　　平心而论，这并不容易，我也知道，艺术家们对他们往昔舒适的生活很怀念，这种变化显得有点突然。不错，在历史的斗兽场上，就有殉难者和狮子，前者被一种永恒的安慰心理所支持，后者则用血淋淋的生肉来喂养，而艺术家直到目前为止，一直位于斗兽场的雅座上，他们唱着毫无意义的赞歌，或是赞扬自己，或是顶多也不过为了鼓励一下殉难者，或转移一下狮子的注意力。如今情形却反过来了，艺术家自己处在马戏场的中央，他们的歌声必然不是原来的歌声，那声音显得极大地缺乏自信。

我们可以清楚地看到，艺术在这种坚定的使命中所能失去的一切。首先它失去了宽松性及其神授的自由性，这种自由性在莫扎特的作品中可以体会到。因此我们就能更好地理解我们的艺术作品何以会有那种既惊恐又固执的面孔，何以会显得忧心忡忡，随之便突然崩溃的现象。我们也便明白了今天何以会出现记者多于作家的现象，何以在绘画界会有那么多画童子军的却很少有塞尚。我们也终于明白了爱情小说以及阴暗小说何以会取代《战争与和平》以及《查尔特勒修道院》。当然，在这种情形下，我们应该始终反对那种人道主义的哀歌。因为哀伤并不能解决现实问题。依我的看法，最好还是投入时代中去，因为时代在强烈地呼唤着我们；最好还是心平气和地承认，主宰一切的人，手持茶花的艺术家，以及坐在安乐椅上的天才们，他们的时代已经结束了。今天要想创造，就要冒风险。任何一部作品都是一种行动，这种行动显示着对一个时代的爱，它不能置任何事情于不顾。因此，就不是在艺术上留不留下什么遗憾的问题，对所有从事艺术生涯的人来说，问题只有一个，就是要弄清楚，在那么多的意识形态的警察监视之下（比如那么多的宗教派别，又处于那种孤立无援的状态下），那种创作所需的特殊自由能不能实现。

在这方面，倘若说，艺术受到政权的高压，也还是不够的，因为只此一端，问题也还比较简单：要么抗争，要么举手投降。然而，更为复杂、更为致命的问题乃是，自此我们便发现在艺术家的内部发生了纷争。比如艺术上的互相排斥，甚至达到了愤恨地步，在我们这个社会里例子太多了。这种仇恨在今天，其影响非常之大，因为这是艺术家们自己干的事。在我们之前的艺术家们对此产生的疑虑，直接影响他们的艺术生命，甚至影响到他们的生存。如果拉辛生活在1957年，他可能也要为写《贝蕾尼斯》而不站出来保卫《南特敕令》[1]而请求原谅。

由艺术家们引发的这种艺术上的纷争，有多种原因，我们应该对其主要原因有所了解。对这种纠纷，倘若做最好的解释，乃是基于当代那些艺术家们在历史的灾难面前是否说谎，是否言之无物。我们这个时代的特点，是大众群体已介入了各种事物之中，以及由于他们生活条件的艰苦而形成的当代敏感问题。我们知道，他们已然介入了各项事物，但我们却有对此视而不见的倾向。如果我们了解了这个问题，就应该懂得，是这个群体中的杰出人物，艺术家们或者其他人，变得更强大了，是他们不允许我们把他们放在一边不闻不问。

还有一些其他原因，其中有些原因也实在并不光

---

1 《南特敕令》，1598 年法国国王亨利四世在南特城颁布的宗教宽容法令。——译者注

彩。但不管这些原因如何,艺术家内部的这些纠纷,只能起到一种效果,即挫伤自由创作的勇气并损及创作的主要原则,而这种原则又是创作的信念。依默逊[1]讲得好:"一个人能顺应自己的天性,这就是杰出的信念。"另一位十八世纪美国作家又补充说:"只要一个人忠于自己,一切便都能顺应自己,包括政府、社会,甚至太阳、月亮,以及星星。"这种惊人的乐观主义态度,今天好像已经烟消云散了。艺术家在大多数情况下,都对自己和自己的天赋(如果他有天赋的话)感到羞耻。他们先于一切事情要做的,乃是回答他们自己提出的这个问题:艺术是一件骗人的装饰品吗?

一

对这个问题,能做出的第一个诚实回答是:不错,有时候艺术确是一件骗人的装饰品。在艺术家乘

1　依默逊(1803—1882),美国哲学家。——译者注

坐的战船的艉楼上，几乎随时随地都能听到歌功颂德的赞歌，对于这些我们大家都已晓得了，但那些劳工们呢，正在船舱里精疲力竭地摇着橹；在马戏场的雅座上，听到的是上流社会高雅的谈吐，而斗兽场上听到的是狮子口中咀嚼人骨的声音。对这种艺术，很难提出什么反驳的意见，它在历史上曾取得过极大的成功。但世事却发生了一些变化，特别是在这个地球上，受苦受难的劳苦大众和受难者的人数在大量地增加。在众多的苦难面前，这种艺术如果它依然愿做一个装饰品的话，在今天，它就必须骗人。

但它要表达的究竟是什么呢？如果它想适应我们这个社会的要求，它就必须改弦易辙，如果它盲目地排斥这个社会的要求，如果艺术家决心把自己局限在象牙塔里，那这种艺术要表达的也只能是拒绝参与。于是，我们将只能有两种人，一种是帮闲者，一种是古文研究者，这两种人则构成了一种与活生生的现实完全割离的艺术。差不多一个世纪以来，我们生活在一个并非金钱至上的社会里（金钱或财宝能引起人们的物欲），却生活在一个具有抽象金钱象征的社会里。

商品社会，可以认为是这样一种社会，即在这个社会里，一切东西都为符号服务，从而也便没有了那种东西。比如一个统治集团衡量它的财富时，不再以它占有多少土地和拥有多少金条为依据，而是以一种数字为依据，以这个数字可以换取其他多少数字为依据。一个建立在符号上的社会，就其本质讲，乃是一个人为的社会，在这个社会里，物质的真相被掩盖了。于是，这个社会选择了一种形式上的伦理准则做它的宗教信仰也就不足为怪了，它甚至把自由平等等口号写在它监狱的大墙上和教堂里。亵渎了这些字眼是要受到惩罚的，然而今天受到歪曲最严重的，乃是自由的含义。明智者（我一向认为智慧有两种，一种是聪明的智慧，一种是愚蠢的智慧）认为这种被歪曲的自由含义乃是今天人类进步道路上的障碍。然而一本正经的愚蠢，也同样可以大声讲话，因为在一百年来，商品社会已然把这种自由变成了单方面的、排他的手段，与其说把它看成一种权利，毋宁说把它当成了一种义务，而且毫无忌惮地以自由为借口实施高压政策。因此，这种社会不要求把艺术作为解放人类的一种工具，而要求它成为一种没有什么意义的社会活动和简单的消遣手段，因此我们还会感到吃惊吗？资产阶级的欧洲的艺术制造商们（我还没有说艺术家们），在 1900 年以前和以后那段时期，就采取了这种不负责任的态度。因为一负责任，他们便觉得可能会同那个社会筋疲力尽的决裂（真正同那个社会决裂的有兰波、尼茨什[1]和斯特兰贝格[2]，大家也知道他们付出了多大代价）。为艺术而艺术的理论便在那个时期形成，这只不过是那种不负责任的翻版罢了。为艺术而艺术，艺术自身的生命力，最后，这些作品在敏锐性或当代的抽象性方面同托尔斯泰或莫里哀的作品之间的不同，就如同在一片看不见的麦田上走路和在长满庄稼的田地里走路，那感觉完全不同。

---

1 尼茨什（1844—1900），德国哲学家。——译者注
2 斯特兰贝格（1849—1912），瑞典作家。——译者注

二

　　艺术就这样变成了一件骗人的装饰品。因此，对于一些人或艺术家们曾经想向回走或者想重新回到真实中来也便不奇怪了。从这时起，他们便否认艺术家有权利离群索居，并给艺术家规定了创作主题，这个主题不是他们自己的空想而是大家共同经历过的那种现实。的确，为艺术而艺术，无论就作品描写的主题还是其表现风格，都无法为大众所理解，于是这些人便希望艺术家们的作品要表现大多数并为大多数人服务，要求他们用的语言要反映大家的喜怒哀乐。他的作品应该被所有的人理解，作为绝对忠于现实的报酬，他们将会同大家取得完全的沟通。

　　这种同大家完全沟通的志向，也确实是每一个伟大艺术家的志向。同流行的偏见完全不同的是，如果某人没有权利离群索居，那么这个人就应该是艺术家。艺术不应该是暗室里的独白，孤独的和不为众人所知的艺术家，倘若他向他的后继者求助时，只能重申他自己的使命。因为鉴于同当代那些聋哑人进行对话已成为不可能，他只能求助于人数更多的后代，同他们进行对话。

但为了在作品中表现大众，并为大众而写作，那就必须表现大家所熟悉的东西和我们大家共同生活在其中的这个现实世界。这个现实世界是什么呢？就是大海、刮风和下雨，就是众人的需求和希望，就是同死亡的斗争。这些就是联系我们大家的东西。我们大家在我们共同所见到的事物中，在我们所受的苦痛中变得相通了。梦想会因人而异，但这个世界上的现实却是我们大家共同的祖国。现实主义的志向是合乎情理的，因为它同艺术家的命运紧密地联系着。

那么，就让我们成为现实主义者吧！或者有可能成为现实主义者的话，那我们就应该尽量朝这个方向努力。因为空口白话很难说就是事实。尽管大家都想成为现实主义者，但实际上都不见得会如此。我们首先应该思考一下，在艺术上纯粹的现实主义是否可能。按照上个世纪（十九世纪）自然主义者的说法，现实主义乃是对现实事物原封不动的复制品。如果这样，那艺术就如同照相之于绘画一般，当这一幅画被摄影家选中了，就把它照下来。但这样，复制下来的是什么？现实又是什么？即使是最好的摄影家，他摄下来的事物相当忠实于原物，但也并不是真正的现实主义者。在大千世界上还有比人生更为现实的吗？又怎样才能使这种现实的人生比照片上的更加活生生地再现出来呢？在什么条件下，这张照片才能是名副其实的活脱脱的现实呢？这种条件就只能存在于想象中，只能设想，有那么一架固定的摄像机，日夜对准了那个人，不断地把他哪怕是最小的动作都录制下来。结果便是此人的生活都已收录在这些底片上，并且只能放映给宁可失去自己一部分生活的时间而去关心另一个人生活细节的那些观众去看，尽管如此，这种不能给人以想象的电影不算是现实。基于这一简单的理由，我们可以说，人生的现实并不只存在于它自己存在的那个地方，它存在于另外的生活中，只有另外的生活才能给某人的生活赋予一定的形式，这种其他方面的生活就是被众生所热爱的生活。首先是这种生活，要把生活摄制下来，也包括那些不为人所知的芸芸众生的生活，其中包括强权者和受苦难者，普通

206

的公民、警察、教师，在矿场和工地不见天日的劳工，外交官和独裁者，宗教改革家，创作能够影响我们生活的、神话的艺术家，典型的卑贱者，有时也包括那些能够支配众生的最有权威的君主。这样一来，就只有一种电影，那就是被一架无形的放映机不断地在这个人生舞台上昼夜不停地向我们放映的电影。唯一的现实主义艺术家就是上帝，如果有上帝的话。其他的艺术家，都不可能忠于现实。

自这时起，那些排斥资产阶级社会和这个社会的形式主义的艺术的艺术家们，那些只想反映现实而不管其他的艺术家们，就处于一种毫无出路的苦恼中。成为一个现实主义者，却做不到，他们想使自己的艺术服从现实，却又无法描写现实，无法找出一种选择使现实体现在艺术的特有手法之中。俄国革命初期出现的那些优美的悲剧作品，就十分真切地向我们展示了这种苦恼。那时的俄国作家们，如勃洛克[1]、帕斯捷

1　勃洛克（1880—1921），俄国诗人。——译者注

尔纳克[1]、叶赛宁[2]、马雅可夫斯基以及爱森斯坦[3]等，还有那些描写钢筋水泥的小说家们向我们展示的，在形式和题材上都是一种极其壮丽的尝试，却也显现着一种极大的不安和一种狂热的寻求。必须明确地说，既然现实主义无法做到，那么你怎么会成为一个现实主义者呢？却有人断然地肯定：现实主义，首先是必要的，其次也是可能做到的，只要他乐于做一个社会主义者。这种断然的说法意味着什么？

实际上，他也坦白地承认，人们不能没有选择地复制现实，尽管现实主义的理论在十九世纪的西方便已形成，但他却拒绝承认，于是便想选择一种原则，并使大家围绕着这个原则行事。他终于选到了，但不是在我们大家所熟悉的现实中找到的，而是在尚未出现的现实中，即在将来的现实中找到的。即为了很好地复制现在，也就必须描绘将来。换句话说，社会主

1　帕斯捷尔纳克（1890—1960），苏联作家，代表作为《日瓦戈医生》，发表于意大利。——译者注
2　叶赛宁（1895—1925），苏联诗人。——译者注
3　爱森斯坦（1898—1948），苏联导演兼电影理论家。——译者注

义现实主义描绘的对象，恰恰是尚未实现的现实。

这里面的矛盾是显而易见的。总之，社会主义现实主义在其表述上就是矛盾的。在一个尚不是社会主义的现实世界里，社会主义现实主义怎么会出现呢？比如这个现实尚不是社会主义的现实，无论过去还是现在，都不是这样，这样会出现社会主义现实主义的作品吗？答案很简单，那就只能从今天的现实或昨天的现实中进行选择，选择将来可以成为那种完美无缺的理想现实或为那种现实服务的东西来描写。于是，人们一方面便大肆攻击并否认那些非社会主义的现实，一方面就大肆赞扬那些可能会变成社会主义的现实的东西。当然，这不可避免地会取得艺术上的宣传效果，会走进那种一厢情愿的粉红色的书斋里，然而这同形式主义的艺术一样，会同复杂的、活生生的现实完全隔绝。这种艺术可能是社会主义的，但它却绝不是现实主义的。

这种美学观，其本义是现实主义的，却走向了新的理想主义，对一个真正的艺术家来说，它同资产阶级的理想主义一样毫不足取。现实，只有当它被较好地梳理过之后，才能坚实地处于一种至高的位置上，而艺术则处于无能为力的境地，它是一种工具，可以起支配作用，但终归是被人所支配。只有那些正确地描述现实的人，才能被称为现实主义者，并应该被人所称颂，其他的人只能在对前者的赞颂声中受到批评。一部名著在资产阶级社会，它可能没有人知晓，或者对它知之甚少，然而在极权社会中，一部名著却能够使其他作品统统被冷落。在这里，依然是真正的艺术被歪曲了，或者被压制了，从而使得普遍的交流变得行不通。

在这种不利的情形下，最简单的做法莫过于承认所谓社会主义现实主义，如果其用伟大的艺术手法创作，也并非毫无可观之处，而且革命者们出于对革命利益的考虑，也应该寻求一种别样的审美观。但我们也都知道，社会主义现实主义的辩护士们却大声疾呼，在社会主义现实主义之外，便无艺术可言。他们确是这样说的。但我却深深地认为，他们自己对此也不相信，只不过他们下定决心要把艺术标准置于革命行动的标准之下罢了。倘若把这种看法明明白白地说出来，那讨论也就会变得简单了。我们可以在那些一方面大众受苦受难，一方面艺术家又享有特权的地方尊重这种说法——那里的人对两者之间的距离难以接受。我们可以理解这些人，并且也愿意同他们对话，比如可以对他们说，取消创作自由，对于战胜强制可能并不是一种好办法，而且在大家尚未开口讲话之前，便剥夺某些人的说话权利也绝非明智之举。不错，社会主义现实主义应该承认它的血缘关系，它同政治现实是一对孪生兄弟。它把具有另一种目的的艺术加在一般意义的艺术之上，并且在标准上又有高低之分。总之它为了建立公正取消了艺术，而当公正在一个尚难确知的将来建立起来时，艺术便会重新抬头。就这样，他们为当代的知识界在艺术领域规定了这么一条绝妙的好主意，却骗不了我们。因为为了做好一份煎蛋就把成千上万的鸡蛋打碎，那也是不足取的。我认为评定烹调技术的好坏，不在于打碎鸡蛋的多少。我们时代的艺术厨师则恰恰相反，他们唯恐把几筐鸡蛋打碎而人类文明的煎蛋却做不出来，最终艺术又不能重新抬头。而野蛮却从来又没有"临时"之说，因此这种野蛮做法很自然地便会从艺术领域扩展到社会风尚之中。于是我们便看到，在苦难和鲜血中诞生了一些毫无意义的文学作品，诞生了一大批新闻报道，诞生了伟人的肖像，诞生了教育诗，其中仇恨代替了宗教。在这里，艺术处于乐观主义的顶峰，也达到了装饰作用的最高点和以谎言骗人最令人齿冷的地步。

对此，该如何表示我们的惊讶？人类的痛苦是一个巨大的主题。好像除了济慈[1]那样极富感情的诗人外，没有人敢于接触这个主题，只有他能够亲手触摸这种苦痛。为艺术而艺术的欺骗性就在于，它对这些人类的痛苦摆出一副一无所知的面孔，似乎对此没有任何责任。现实主义的欺骗性在于，如果它能勇敢地承认眼前众生的痛苦却又对这种痛苦加以严重的歪曲，并利用它做口实来歌颂美好的未来，那么就没有人了解实情，从而便把一切事物都蒙上一层神秘色彩。

1　济慈（1795—1821），英国诗人。——译者注

这两种审美观的对立由来已久，一种是主张对当前的现实一概不闻不问，另一则主张把一切不属于当前现实的东西一概加以排斥，其结果是殊途同归，都在欺骗的帐幕下，远离了现实，取消了艺术，走到一起去了。右翼的学院派，不晓得左翼学院派所利用的人类的痛苦，于是在艺术被否定的同时，这种痛苦也就加深了。

三

应该就此得出结论说，这种欺骗乃是艺术的本质吗？我却认为恰恰相反，到现在为止，我所说的那些表现，都是在艺术上没有什么可观者的谎言。那么，艺术到底是什么？此事并不简单，这是可以肯定的。并且对那些热衷于高声叫喊并把什么事都予以简单化的人，又很难说清楚。一方面，有人认为天才应该是光辉灿烂，同时又是孤独的；但另一方面，又要求他和众人一样普通。然而现实可绝非如此简单。巴尔扎克用一句话便使人感到了天才的真谛："天才和大家一样，却没有人和天才一样。"因此，就艺术而论，离开现实，它便一事无成，而离开艺术，现实也微不足道。那么艺术怎样高于现实又怎样服从现实？艺术家选择他的描写对象，同时也被对象所选择。艺术，在某种意义上说，它在不可捉摸方面和在未成形时，乃是对人的一种反抗，因为它赋予现实的是另一种形式，一种受局限的形式，因为现实是艺术灵感的源泉。从这方面讲，我们大家都是现实主义者，没有人不是如此。对于客观存在，艺术既不全部排斥，也不全部接受，但同时它既排斥又接受，所以它只能是不断翻新的一个现实的片段。艺术家也便永远处于这种暧昧状态，他既不能否认现实，又始终在艺术尚未成形时不断地对它提出争议。为画出一个静物，一位画家同一个苹果之间便不断地发生冲突和纠正。如果各种形态离开了世人赋予它们的光明，那么它们就自己给自己赋予光明。人间万物由于本身便是光辉灿烂的，所以能够成形、成物，并从它们自己身上接受了第二种光明，才得以使无上的光明保持不变。就这样，伟大的文笔就始终处于艺术家和他描写的对象的中间。

　　因此，问题不在于了解艺术是否应该逃避现实或服从现实，而在于为使一部作品不至于在虚幻的要领中消失或不至于被沉重的包袱所压垮，关键是对现实的指导要掌握何种分寸。对这个问题，每个艺术家都应依据自己的感知和能力来加以解决。更为强有力的是一位艺术家对世间现实的反抗，更为沉重的是平衡艺术家的那种现实的分量。然而这种现实的重量却永远无法消除艺术家的孤独感。最杰出的作品，如希腊的悲剧，如托尔斯泰或莫里哀的作品，乃是那种能够在接受现实和排斥现实之间取得平衡的作品，在这里接受和排斥在不断地显现中互相激发，无论描写的是欢快还是痛苦，都能产生巨大的活力。日久天长便会出现一个新世界，这个世界既不是我们每天生活在其中的那个世界，又是那个世界，它既特殊又一般，在这个世界里，充满了天才的力量和不满于现状所引起的短时间没有危险的危险。正是这些，同时又不是这些，使得这个世界没有任何意义但又非常有意义，这便是每一位真正艺术家不倦的双重呼唤。这种呼唤使艺术家挺直了胸膛，睁大了眼睛；这种呼唤渐渐地在这个沉睡的世界内部唤醒了大家对一个现实瞬间的、又是永久的想象。对这个现实，我们认识它，却从未见过它。

同样，艺术家面对他的时代，既不能走回头路，又不能迷失方向。如果走回头路，他就会言之无物。反之，如果他把这个时代当作他描写的对象，他就会把自己也作为这个时代中的一员，同时也就不会完全听命于这个时代。换句话说，在艺术家选择了同大家共命运的时候，他便宣告了自己是这个时代的一个存在的个体，不能再走出这种境地。艺术家对待历史的态度以他在这个历史时代的所见所闻以及他的亲身感受，不管是直接的还是间接的为依据。亦即说，以严格意义上的当前时事和生活在当今世界上的活生生的人为依据，而对一个现在仍然活生生的艺术家来说，他对待当今的事情不应该以当前的时事对尚不能预见的未来有何关系为依据。以一个尚未来到人世的人的名义来判断当今世界上的人，那是巫婆的把戏。艺术家本人对神话的评价，应该以该神话对当今活生生的人有何种影响为标准。预言家，无论是宗教的还是政治的，他们的评价无论绝对与否，都不能代替艺术家的评价，因为艺术家不能那样。如果他也做出绝对的评价，他就要毫无区别地参与到现实的善与恶中间去，他就要写出一出情节剧。相反地，艺术的宗旨，不是立法，也不是支配一切，它首先是理解众人。有时它也能起支配作用，那是因为它理解了众人的缘故。没有任何天才的作品是建立在仇恨和歧视的基础上的。因此，艺术家在其前进的道路上，要宽恕而不是审判。他不是法官，是修理工。他是有生命创新的永恒的律师，因为创新永远是有生命的。他出于对众人的爱而进行辩护，而不是为那种遥远的、使当代人道主义丧失尊严的基督教式的法庭而辩护。相反地，伟大的作品最终都会使所有的法官哑口无言。通过这种作品，艺术家向人类的最高形象表示敬意，并向最后一个罪人鞠躬致敬。王尔德在监狱中写道："没有任何一个不幸的人和我一起被关在这种悲惨的地方，在这里，同生命的奥秘只有象征性的联系。"是的，这种生命的奥秘，同艺术的奥秘是一致的。

在一百五十年里，商品社会的作家们，几乎很少有例外地认为自己能够生活在一个没有任何责任的幸福环境中。不错，他们是那样生活过来了，随之他们也便孤零零地死去，和他们曾经那样生活过一样。可我们这些二十世纪的作家们，则绝不会再孤零零的了。相反地，我们应该明白，我们不可能逃避共同的苦难，应该明白，我们唯一的辩护，如果只有一个的话，就是在我们力所能及的范围内，替那些不能讲话的人讲话。的确，我们要替那些目前尚在受苦受难的人讲话，不管这些过去的还是未来的政界要人有多么显赫，也不管是哪一些政党，只要他们压迫人了，我们就要讲话，对艺术家来说，没有享有特权的刽子手。因此，美，在今天，特别是在今天，不能为任何一个党派服务，它或迟或早只能为人类的痛苦和自由奉献出自己。唯一能投入战斗的艺术家是这样的人，他绝不拒绝任何战斗，却拒绝加入正规部队中去的艺术家，我这里指的是自由射手。他在美中得到了教益。如果他能正确地吸取这种教益的话，那他所吸取的不是个人主义，乃是坚定的博爱精神。这种美从来

218

都没有强制过任何人。相反地，几千年来，每日每时它都在解除加在上百万人身上的枷锁，有时候它甚至对某些人予以彻底解放。

在美和苦之间，在人类之爱和自然之爱之间，在不堪忍受的孤独和不堪忍受的喧闹之间，在排斥和接受之间始终存在着这种永恒的紧张关系，说到这儿，我们似乎已触及艺术的伟大之处。它在两条鸿沟之间踟蹰着，一条是极端无聊、无所事事，一条是积极宣传、说教。艺术家便在这两条鸿沟的分界线上向前行走，每迈出一步，便是一次侥幸，便是一次冒险。然而就是在这种风险中，也只有在这种风险中，存在着艺术的自由。这种来之不易的自由，诸位看，是不是像一个苦行者的戒律？哪一位艺术家能否认这一点？哪一位艺术家敢于说自己在这种永无止境的奋斗中已经功德圆满？这种自由的取得必须以身心健康为前提，必须有一种心灵的力量和极大的耐力。这种自由同所有的自由一样，是一种永无止息的冒险，是一种使人精疲力竭的奋斗。这就是为什么今天大家对这种冒险像对待过于苛求的自由一样敬而远之，却宁可甘受各种限制，至少，可求得心灵的宁静。但是，倘若艺术不是一种风险，那么它何以要为自己辩护？不，自由的艺术家已不复是自由的普通人，也不是一个安享清福的人。自由的艺术家乃是这样的人，他须花大力气为自己营造一种合理的秩序，他所应支配的事物愈是松懈，他的戒律愈应严格，他也便应该愈加肯定他的自由。纪德有一句话，我总认为它很容易引起误解："艺术因限制而生存，因自由而死亡。"这是真理，却不应理解为艺术可以被人牵着鼻子走。艺术生存在它为自己所加给的限制中，如果别人给予限制，它就会死亡。反之，如果它不给自己以限制，那么它就只有屈从于外界的限制。最自由的艺术以及最具反抗性的艺术，将是最典范的艺术，也将花最大的力气。如果一个社会及其艺术家们，不愿意付出漫长的岁月和这种自由的努力，如果他们任凭自己舒舒服服地打发生活，或者循规蹈矩地搞为艺术而艺术的那一套玩意儿，或者只醉心于现实主义的说教，那么这些艺术家就会堕入虚无主义和无所作为之中。说这些，乃是为了说明，当代的文艺复兴要依靠我们具有远见卓识的勇气和一往无前的意志。

是的，这种复兴，就掌握在我们大家的手中。为此，我们应该不惧任何风险为自由而奋斗。这样，问题也不在于是否能够保卫我们的自由，而在于我们应该明白，如果没有自由，我们将一事无成而且失去未来的公正和从前的美。只有自由才能把大家从与世隔绝的状态中拉出，而强制就只能在一片寂静的空间里盘旋，而艺术，也便由于我力图予以界定的这种自由的内涵而把自己的裂痕抹平。到那时，对于敌人用尽压迫手段所表现的一切还有什么可惊讶的？对于艺术家和知识分子成为当代暴政（不管这种暴政是左的还是右的）的第一批牺牲品，又有什么可惊讶的？所有的暴君都晓得，在艺术作品中都有一种摆脱束缚的力量，这种力量对那些不相信它的人来说是神秘的。每一个伟大的作品都能使人类的面貌更加美好，更加高尚。这就是它的全部奥秘。而成千上万的集中营和监狱也绝不能把形象鲜明的庄严物证变得一团漆黑。所以那种认为为酝酿一种新文化而把现有的文化予以终止的看法是不对的。我们绝不会把人类对他们的苦难和伟大不间断的见证予以终止，正像我们不会终止自己的呼吸一样。没有继承，便没有文化，我们不能够也不应该排斥我们的任何遗产，即西方的遗产。不管将来的作品如何，它们都将具有这种奥秘，都将是勇气和自由的产品，都将是各个时代和各个国家的艺术家们的勇敢精神所滋润的硕果。是的，当现代的暴政向我们表示，艺术家是公众的敌人时，它是有理由的，但这种暴政也正是通过艺术家向人类的一种形象致敬，而这种形象直到如今，没有任何力量能摧毁它。

我的结论是简单的。这个结论便是在我们喧嚣和疯狂的历史时代中大声说："我们应该欢欣鼓舞。"不错，我们应该欢欣鼓舞，为看到一个说谎而又舒适的欧洲的涅槃而欢快，为我们能够看清这个残酷的现实而欢欣。我们应该以一个真正的人的身份而欢欣，因为一个漫长的骗局已经被揭穿，因为我们已看清了是什么在威胁我们；我们应该以一个艺术家的身份而欢欣，因为他们已从睡梦中醒来，对外界事物已不再无动于衷，敢于正视群众的苦难、敢于正视监狱和鲜血了。如果面对这些悲惨景象，我们善于把当时的情状和人物的形象保留在记忆中，反之面对人类之美，我们能够不忘记从前的屈辱，那么我们西方的艺术家将会逐步找回自己失去的力量和往日的辉煌。不错，在历史上很少有这么多的艺术家能遇上这么多严峻的问题。然而，也恰恰是当这些艺术家们，为几个词、几句话，即使是最简单的几句话付出了自己的自由甚至鲜血时，他们才学会了如何把它们使用得有分寸。危险造就了典范，任何伟大的作品都根植于风险中。

艺术家不承担责任的时代已然过去了，我们为自己失去这么好的机遇而对此表示惋惜，然而正是这种磨难，却向我们提供了真正的机遇，我们要接受这一挑战。如果艺术的自由仅向艺术家提供一种生活舒适的环境，它便不可贵了。为使一种价值或一种道德扎根于一个社会，首先应该是不欺骗。如果自由变成一个危险的东西，那它就已不再处于妓女的地位了。但我也不同意那些抱怨今天道德已经沦丧的人的说法。从表面看，他们讲得有道理。但实际上，道德却从来没有像它从前曾经是几位书斋里的人道主义者的玩物时那么堕落过。今天它虽然面临着实实在在的危险，却有机会使自己重新站起来，有机会使自己重新变得受大家尊重。

有人说尼茨什在和鲁·莎罗美断绝关系以后，便陷于无边的孤寂之中，他为他从事的漫长事业因无人帮助而压垮，同时又为这一前景所激发，晚上便在热那亚海湾旁边的高山上漫步，他把树枝树叶堆积起来，燃起一堆大火，在旁边看着它们燃尽。我也经常幻想着这一堆大火，似乎自己也站在大火的旁边，想象着以此考验一下我们的某些人和某些作品。我们的时代也便是这样的一堆大火，它那势不可当的火焰，必将把我们的许多作品烧成灰烬！而留下来的作品，它们的铁甲会愈加坚不可摧，我们也将为此而尽情地分享这种心灵的欢乐。

无疑，我们可以期望，我本人也是如此，在思想上能有一种温和的火焰，一种暂时的有益的休息。但对艺术家来说，可能只有处于如火如荼的斗争中的暂时的休整，此外没有别的。这正如依默逊所说："任何墙壁都是一个大门。"因此我们无须去寻找大门，出路就在墙上，我们就是面壁而生存的。相反地，我们应该去寻找一个适当的休息时间，我的意思是说，在战斗中寻求一个休整时间。因为依我的看法，我在这个地方结束了讲话，这里就是我暂时休息的地方。有人曾说过，伟大的思想是由鸽子的爪子带到世上来的。那时如果我们张耳细听，可能我们会从嘈杂声中听到一种像小鸟轻轻地振翅般微弱的生命之声和希望之声。一些人说这种希望之声乃是由一个民族所带来的，另一些人则说，它是由一个人所带来的。相反地，我却认为它的产生、活跃以及保护，乃是由成百上千万的孤独者所致，这些孤独者的活动，他们的作品，每天都在打破国界，每天都在修复着我们历史的粗糙的外表，从而让始终都在受到威胁的真理焕发出光彩夺目的光芒，而这个真理乃是每个人在其痛苦和欢乐中建立起来的，为大家建立起来的。

新
流
xinliu

产品经理 _ 时一男　特约编辑 _ 李睿

封面设计 _ 朱镜霖　执行印制 _ 赵聪

营销编辑 _ 郭玫杉　产品监制 _ 吴高林

关注我们

流动的智慧　永恒的经典

图书在版编目（CIP）数据

阅读是一场与无知的终生对抗 /（法）阿尔贝·加缪
著；王殿忠译 . -- 沈阳 : 万卷出版有限责任公司，
2025. 6. -- ISBN 978-7-5470-6775-8

Ⅰ. I565.065-53

中国国家版本馆 CIP 数据核字第 2025BF5577 号

出 品 人 : 王维良
出版发行 : 万卷出版有限责任公司
　　　　　（地址：沈阳市和平区十一纬路 29 号　邮编：110003）
印 刷 者 : 凯德印刷（天津）有限公司
经 销 者 : 全国新华书店
幅面尺寸 : 105 mm×148 mm
字　　数 : 130 千字
印　　张 : 3.625
出版时间 : 2025 年 6 月第 1 版
印刷时间 : 2025 年 6 月第 1 次印刷
责任编辑 : 王越
责任校对 : 刘璠
封面设计 : 朱镜霖
ISBN 978-7-5470-6775-8
定　　价 : 35.00 元
联系电话 : 024-23284090
传　　真 : 024-23284448